Édition bilingue
ANGLAIS-FRANÇAIS
avec lecture audio intégrée

*Pour écouter la lecture de ce livre
dans sa version anglaise ou dans sa traduction française
scannez le code en début de chapitre
avec votre téléphone portable, tablette
ou encore votre webcam depuis le site* HTTPS://WEBQR.COM

Nouvelle fantastique
Littérature américaine

Titre original :

THE LEGEND OF SLEEPY HOLLOW

Traduction française :
Théodore Lefebvre

Lecture en anglais :
Chip

Lecture en français :
Daniel Luttringer, René Depasse

ISBN : 978-2-37808-050-1
© L'Accolade Éditions, 2019

WASHINGTON IRVING

La Légende de **Sleepy Hollow**

L'ACCOLADE
Éditions

*Found among the papers
of the late Diedrich Knickerbocker*

A pleasing land of drowsy head it was,

Of dreams that wave before the half-shut eye;

And of gay castles in the clouds that pass,

Forever flushing round a summer sky.

CASTLE OF INDOLENCE

In the bosom of one of those spacious coves which indent the eastern shore of the Hudson, at that broad expansion of the river denominated by the ancient Dutch navigators the Tappan Zee, and where they always prudently shortened sail and implored the protection of St. Nicholas when they crossed, there lies a small market town or rural port, which by some is called Greensburgh, but which is more generally and properly known by the name of Tarry Town. This name was given, we are told, in former days, by the good housewives of the adjacent country, from the inveterate propensity of their husbands

Trouvée parmi les papiers de feu Diedrich Knickerbocker

C'était un lieu charmant et fécond en pavots,
En songes voltigeant devant l'œil demi clos,
En magiques châteaux aux nuages qui passent,
Châteaux montant toujours, qui jamais ne s'effacent.

Le Château de l'Indolence

Au fond de l'une des criques spacieuses qui dentellent la rive orientale de l'Hudson, vers cette large expansion du fleuve dénommée par les anciens navigateurs hollandais le Tappan Zee, et où toujours ils diminuaient prudemment de voiles et imploraient la protection de saint Nicolas quand ils passaient, se trouve un petit bourg marchand ou port rustique que quelques-uns appellent Greensburgh (Vert-Bourg), mais qui est plus généralement et plus justement connu sous le nom de Tarry Town[1] (Muse-Bourg). Ce nom lui fut donné, dit-on, au temps jadis par les bonnes femmes des pays adjacents, à cause du penchant invétéré de leurs époux

---

1. *Town*, en anglais, se dit de tout assemblage de maisons où il y a un marché régulier. *(Note du traducteur.)*

to linger about the village tavern on market days. Be that as it may, I do not vouch for the fact, but merely advert to it, for the sake of being precise and authentic. Not far from this village, perhaps about two miles, there is a little valley or rather lap of land among high hills, which is one of the quietest places in the whole world. A small brook glides through it, with just murmur enough to lull one to repose; and the occasional whistle of a quail or tapping of a woodpecker is almost the only sound that ever breaks in upon the uniform tranquillity.

I recollect that, when a stripling, my first exploit in squirrel-shooting was in a grove of tall walnut-trees that shades one side of the valley. I had wandered into it at noontime, when all nature is peculiarly quiet, and was startled by the roar of my own gun, as it broke the Sabbath stillness around and was prolonged and reverberated by the angry echoes. If ever I should wish for a retreat whither I might steal from the world and its distractions, and dream quietly away the remnant of a troubled life, I know of none more promising than this little valley.

From the listless repose of the place, and the peculiar character of its inhabitants, who are descendants from the original Dutch settlers, this sequestered glen has long been known by the name of SLEEPY HOLLOW, and its rustic lads are called the Sleepy Hollow Boys throughout all the neighboring country.

à s'attarder dans la taverne du village les jours de marché. Qu'il en soit ce qu'il voudra, je ne garantis pas le fait, mais le relate simplement, afin d'être précis et de faire autorité. Non loin de ce village, peut-être à trois milles de là, est une petite vallée, ou plutôt un renfoncement du sol, au milieu de collines élevées, qui est un des endroits les plus calmes du monde entier. Un petit ruisseau la traverse mollement, faisant juste assez de bruit pour vous inviter au sommeil ; et le sifflement fortuit d'une caille ou le cri discordant d'un pivert est à peu près l'unique son qui jamais interrompe cette uniforme tranquillité.

Je me souviens qu'au temps de mon adolescence mon premier exploit à la chasse à l'écureuil s'accomplit dans un massif de grands noyers qui ombrage un côté de la vallée. Dans mon excursion je m'y étais enfoncé vers l'heure de midi, quand toute la nature est particulièrement calme, et la détonation de mon propre fusil me faisait tressaillir quand elle rompait le silence consacré d'alentour et se prolongeait renvoyée par les échos irrités. Si jamais je désirais trouver un asile où je pusse me dérober au monde et à ses agitations et couler dans une douce rêverie le reste d'une vie inquiète, je n'en sais pas de plus fécond en promesses que cette petite vallée.

Vu l'intense repos de l'endroit et le caractère particulier de ses habitants, qui sont des descendants des colons hollandais primitifs, ce vallon solitaire est depuis longtemps connu sous le nom de *Vallon endormi*, et ses rustiques enfants appelés, dans tous les pays circonvoisins, les gars du Vallon endormi.

A drowsy, dreamy influence seems to hang over the land, and to pervade the very atmosphere. Some say that the place was bewitched by a High German doctor, during the early days of the settlement; others, that an old Indian chief, the prophet or wizard of his tribe, held his powwows there before the country was discovered by Master Hendrick Hudson. Certain it is, the place still continues under the sway of some witching power, that holds a spell over the minds of the good people, causing them to walk in a continual reverie. They are given to all kinds of marvellous beliefs, are subject to trances and visions, and frequently see strange sights, and hear music and voices in the air. The whole neighborhood abounds with local tales, haunted spots, and twilight superstitions; stars shoot and meteors glare oftener across the valley than in any other part of the country, and the nightmare, with her whole ninefold, seems to make it the favorite scene of her gambols.

The dominant spirit, however, that haunts this enchanted region, and seems to be commander-in-chief of all the powers of the air, is the apparition of a figure on horseback, without a head. It is said by some to be the ghost of a Hessian trooper, whose head had been carried away by a cannon-ball, in some nameless battle during the Revolutionary War, and who is ever and anon seen by the country folk hurrying along in the gloom of night, as if on the wings of the wind. His haunts are not confined to the valley, but extend at times to the adjacent roads,

Une influence somnifère et songeuse semble planer sur ces lieux et courir dans l'atmosphère même. Aucuns disent que l'endroit fut ensorcelé par un grand docteur allemand, dans les premiers temps de la colonie ; d'autres, qu'un vieux chef indien, prophète ou voyant de sa tribu, y tenait ses assises avant que le pays fût découvert par maître Hendrick Hudson. Certain est-il que l'endroit subit encore à présent le joug de quelque puissance magique qui tient sous le charme l'esprit de ces bonnes gens, et qui les fait marcher dans une continuelle rêverie. Ils sont adonnés à toutes sortes de croyances merveilleuses, sont sujets aux extases et aux visions, assistent fréquemment à d'étranges spectacles et entendent de la musique et des voix dans l'air. Tout le voisinage regorge d'histoires locales, de lieux où il revient, de superstitions crépusculaires ; les étoiles filent, les météores flamboient dans le vallon plus souvent que dans toute autre partie de la contrée, et la nocturne cavale, avec ses neuf poulains, semble en faire le théâtre favori de ses gambades.

Mais parmi les esprits qui hantent cette région enchantée, il est un esprit dominant et qui semble être le commandant en chef de toutes les puissances de l'air : c'est l'apparition d'une forme équestre sans tête. Suivant quelques-uns, ce serait le fantôme d'un cavalier hessois dont la tête fut emportée par un boulet, dans quelque bataille sans nom, pendant la guerre révolutionnaire, et qui de temps à autre est aperçu par les gens du pays, dévorant l'espace dans les ténèbres de la nuit, comme s'il était porté sur les ailes du vent. Ses visites ne sont pas bornées au vallon, mais s'étendent parfois aux routes adjacentes,

and especially to the vicinity of a church at no great
distance. Indeed, certain of the most authentic historians
of those parts, who have been careful in collecting and
collating the floating facts concerning this spectre, allege
that the body of the trooper having been buried in the
churchyard, the ghost rides forth to the scene of battle
in nightly quest of his head, and that the rushing speed
with which he sometimes passes along the Hollow, like
a midnight blast, is owing to his being belated, and in
a hurry to get back to the churchyard before daybreak.

Such is the general purport of this legendary
superstition, which has furnished materials for many
a wild story in that region of shadows; and the spectre
is known at all the country firesides, by the name of
the Headless Horseman of Sleepy Hollow.

It is remarkable that the visionary propensity I have
mentioned is not confined to the native inhabitants of the
valley, but is unconsciously imbibed by every one who
resides there for a time. However wide awake they may
have been before they entered that sleepy region, they are
sure, in a little time, to inhale the witching influence of the
air, and begin to grow imaginative, to dream dreams, and
see apparitions.

I mention this peaceful spot with all possible laud,
for it is in such little retired Dutch valleys, found here
and there embosomed in the great State of New York,
that population, manners, and customs remain fixed,

et particulièrement au voisinage d'une église située non loin de là. Enfin quelques-uns des historiens les plus dignes de foi de ces parages, qui ont eu le soin de recueillir et de confronter les faits indécis concernant ce spectre, prétendent que le corps du cavalier ayant été enterré dans le cimetière, le fantôme chevauche la nuit vers le théâtre du combat, à la recherche de sa tête, et que la rapidité vertigineuse avec laquelle il traverse quelquefois le vallon, semblable à une rafale de minuit, tient à ce qu'il s'est attardé et a hâte de regagner le cimetière avant le point du jour.

Telle est la teneur générale de cette superstition légendaire, qui a fourni dans cette région d'ombres les matériaux de plus d'un récit étrange ; et le spectre est connu dans toutes les veillées du pays sous le nom de Cavalier sans tête du Vallon endormi.

Il est à remarquer que le penchant aux visions dont j'ai parlé ne se borne pas aux naturels de la vallée, mais est, sans qu'ils s'en doutent, partagé par tous ceux qui y résident un certain laps de temps. Quelque parfaitement éveillés qu'ils pussent être avant d'entrer dans cette région somnifère, ils ne manquent jamais, pour peu qu'ils y séjournent, d'aspirer la magique influence de l'air, et se mettent à donner dans les imaginations, — à rêver des rêves et à voir des apparitions.

Je mentionne ce paisible endroit avec tous les éloges possibles ; car c'est dans ces petites et solitaires vallées hollandaises que l'on trouve çà et là au cœur du grand état de New-York que la population, les mœurs et les coutumes demeurent inébranlées,

while the great torrent of migration and improvement, which is making such incessant changes in other parts of this restless country, sweeps by them unobserved. They are like those little nooks of still water, which border a rapid stream, where we may see the straw and bubble riding quietly at anchor, or slowly revolving in their mimic harbor, undisturbed by the rush of the passing current. Though many years have elapsed since I trod the drowsy shades of Sleepy Hollow, yet I question whether I should not still find the same trees and the same families vegetating in its sheltered bosom.

In this by-place of nature there abode, in a remote period of American history, that is to say, some thirty years since, a worthy wight of the name of Ichabod Crane, who sojourned, or, as he expressed it, "tarried," in Sleepy Hollow, for the purpose of instructing the children of the vicinity. He was a native of Connecticut, a State which supplies the Union with pioneers for the mind as well as for the forest, and sends forth yearly its legions of frontier woodmen and country schoolmasters. The cognomen of Crane was not inapplicable to his person. He was tall, but exceedingly lank, with narrow shoulders, long arms and legs, hands that dangled a mile out of his sleeves, feet that might have served for shovels, and his whole frame most loosely hung together. His head was small, and flat at top, with huge ears, large green glassy eyes, and a long snipe nose,

tandis que l'immense torrent de la migration et du progrès, qui opère de si continuels changements dans d'autres parties de cette turbulente contrée, exerce auprès d'eux ses ravages sans qu'ils s'en aperçoivent. Elles ressemblent à ces petits trous d'eau stagnante qui bordent un rapide courant ; où nous pouvons voir le fétu, le globule formé par la pluie, à l'ancre et doucement portés, ou tournoyant lentement dans leur port en miniature, insoucieux de la course précipitée du ruisseau. Quoique bien des années se soient écoulées depuis que je foulai les ombres assoupies du Vallon endormi, cependant je me demande si je ne trouverais pas encore les mêmes arbres et les mêmes familles végétant dans son sein protecteur.

Dans ce recoin de la nature habitait, à une époque reculée de l'histoire américaine, c'est-à-dire il y a quelque trente ans, un digne homme du nom d'Ichabod Crane, qui séjournait, ou, suivant son expression, « musait », dans le Vallon endormi, à cette fin d'instruire les enfants du voisinage. Il était originaire du Connecticut, état qui fournit l'Union de pionniers de l'esprit aussi bien que de pionniers de la forêt, et vomit chaque année ses légions de bûcherons de frontière et de maîtres d'école de campagne. Le surnom de Crane (la grue) n'était pas sans avoir quelque rapport avec sa personne. Il était grand, mais excessivement maigre, avait les épaules étroites, des bras et des jambes démesurés, des mains qui se balançaient à un mille de ses manches, des pieds qui auraient pu lui servir de pelles, et toute sa charpente flottait lâche et indécise. Sa tête, une tête très petite, plate au sommet, était ornée d'immenses oreilles, avec de gros yeux vert-de-bouteille et un long nez de bécasse,

so that it looked like a weather-cock perched upon his spindle neck to tell which way the wind blew. To see him striding along the profile of a hill on a windy day, with his clothes bagging and fluttering about him, one might have mistaken him for the genius of famine descending upon the earth, or some scarecrow eloped from a cornfield.

His schoolhouse was a low building of one large room, rudely constructed of logs; the windows partly glazed, and partly patched with leaves of old copybooks. It was most ingeniously secured at vacant hours, by a withe twisted in the handle of the door, and stakes set against the window shutters; so that though a thief might get in with perfect ease, he would find some embarrassment in getting out, — an idea most probably borrowed by the architect, Yost Van Houten, from the mystery of an eelpot. The schoolhouse stood in a rather lonely but pleasant situation, just at the foot of a woody hill, with a brook running close by, and a formidable birch-tree growing at one end of it. From hence the low murmur of his pupils' voices, conning over their lessons, might be heard in a drowsy summer's day, like the hum of a beehive; interrupted now and then by the authoritative voice of the master, in the tone of menace or command, or, peradventure, by the appalling sound of the birch, as he urged some tardy loiterer along the flowery path of knowledge.

de sorte qu'on eût dit une girouette perchée sur son col en fuseau, pour dire de quel côté soufflait le vent. À le voir de profil arpenter rapidement une colline par un jour d'ouragan, avec ses vêtements qui se gonflaient et qui voltigeaient autour de lui, on aurait pu le prendre pour le génie de la famine descendant sur la terre, ou pour quelque épouvantail échappé d'un champ de blé.

Quant à son école, c'était un bâtiment peu élevé, composé seulement d'une grande pièce, grossièrement construit avec des troncs d'arbres ; les fenêtres y étaient en partie garnies de vitres, en partie rapiécées avec des feuillets de vieux cahiers de modèles d'écriture. Elle était très ingénieusement fortifiée, pendant les heures de vacance, au moyen d'une baguette d'osier entortillée dans la clanche de la porte et de pieux placés contre les volets ; de sorte que, bien qu'un voleur pût entrer le plus facilement du monde, cependant il éprouvât quelque embarras pour sortir ; idée probablement empruntée par l'architecte Yost Van Houten à l'artifice d'une claie à anguilles. L'école était assez isolée, mais agréablement située, juste au pied d'une colline boisée, avec un ruisseau coulant tout auprès et un formidable bouleau s'élevant à l'une de ses extrémités. De là le murmure léger des voix de ses élèves repassant leurs leçons pouvait s'entendre par une accablante journée d'été, pareil au bourdonnement d'une ruche d'abeilles, interrompu seulement de temps à autre par la voix grosse d'autorité du maître, prenant des inflexions de menace ou de commandement ; ou, d'aventure, par le son terrifiant de la férule, quand il talonnait quelque musard indolent sur le sentier fleuri du savoir.

Truth to say, he was a conscientious man, and ever bore in mind the golden maxim, "Spare the rod and spoil the child." Ichabod Crane's scholars certainly were not spoiled.

I would not have it imagined, however, that he was one of those cruel potentates of the school who joy in the smart of their subjects; on the contrary, he administered justice with discrimination rather than severity; taking the burden off the backs of the weak, and laying it on those of the strong. Your mere puny stripling, that winced at the least flourish of the rod, was passed by with indulgence; but the claims of justice were satisfied by inflicting a double portion on some little tough wrong-headed, broad-skirted Dutch urchin, who sulked and swelled and grew dogged and sullen beneath the birch. All this he called "doing his duty by their parents;" and he never inflicted a chastisement without following it by the assurance, so consolatory to the smarting urchin, that "he would remember it and thank him for it the longest day he had to live."

When school hours were over, he was even the companion and playmate of the larger boys; and on holiday afternoons would convoy some of the smaller ones home, who happened to have pretty sisters, or good housewives for mothers, noted for the comforts of the cupboard. Indeed, it behooved him to keep on good terms with his pupils.

À vrai dire, c'était un homme consciencieux, qui avait toujours présente à l'esprit cette belle maxime : « C'est gâter l'enfant que ménager la verge. » — Les écoliers d'Ichabod Crane n'étaient certainement pas gâtés.

Je ne voudrais pas, cependant, qu'on s'imaginât que c'était un de ces cruels potentats de l'école qui se complaisent dans les angoisses de leurs sujets ; au contraire, il rendait la justice avec discernement plutôt qu'avec sévérité ; retirant le fardeau de sur les épaules du faible et le plaçant sur celles du fort. Cet enfant fluet et chétif, qui jouait des pieds à la moindre évolution de la férule, était indulgemment excusé ; mais il satisfaisait aux droits de la justice en infligeant une double ration à quelque petit, robuste, entêté marmot hollandais à larges basques, qui rechignait, faisait le gros dos, et devenait hargneux et revêche sous les coups. Il appelait tout ceci « remplir son devoir envers les parents », et il n'infligeait jamais un châtiment sans le faire suivre de l'assurance, bien consolante pour le polisson étrillé, qu'il « s'en souviendrait et l'en remercierait tous les jours de sa vie ».

Quand les heures d'école étaient passées, il allait jusqu'à devenir l'ami, le compagnon de jeu des plus grands ; et les après-midi de congé escortait vers la maison quelques-uns des plus petits, qui se trouvaient avoir de jolies sœurs, ou des mamans bonnes ménagères, citées pour les richesses de leur buffet. À vrai dire, il trouvait son avantage à rester en de bons termes avec ses élèves.

The revenue arising from his school was small, and would have been scarcely sufficient to furnish him with daily bread, for he was a huge feeder, and, though lank, had the dilating powers of an anaconda; but to help out his maintenance, he was, according to country custom in those parts, boarded and lodged at the houses of the farmers whose children he instructed. With these he lived successively a week at a time, thus going the rounds of the neighborhood, with all his worldly effects tied up in a cotton handkerchief.

That all this might not be too onerous on the purses of his rustic patrons, who are apt to consider the costs of schooling a grievous burden, and schoolmasters as mere drones, he had various ways of rendering himself both useful and agreeable. He assisted the farmers occasionally in the lighter labors of their farms, helped to make hay, mended the fences, took the horses to water, drove the cows from pasture, and cut wood for the winter fire. He laid aside, too, all the dominant dignity and absolute sway with which he lorded it in his little empire, the school, and became wonderfully gentle and ingratiating. He found favor in the eyes of the mothers by petting the children, particularly the youngest; and like the lion bold, which whilom so magnanimously the lamb did hold, he would sit with a child on one knee, and rock a cradle with his foot for whole hours together.

Le revenu qu'il tirait de son école était peu considérable, et lui aurait à peine suffi pour se procurer le pain de chaque jour, car il était gros mangeur, et, bien qu'efflanqué, avait la puissance de dilatation d'un anaconda ; mais pour l'aider à subsister il était, ainsi que cela se pratique à la campagne dans ces parages, nourri et logé chez les fermiers dont il instruisait les enfants. Il vivait successivement avec eux une semaine à la fois ; faisant ainsi le tour du voisinage avec tous les biens qu'il eût en ce monde noués dans un foulard de coton.

Afin que tout ceci pût ne pas être trop onéreux pour la bourse de ses rustiques patrons, qui sont enclins à considérer les dépenses d'école comme un douloureux fardeau, et les maîtres d'école comme de purs fainéants, il avait divers moyens de se rendre utile et agréable tout ensemble : il donnait à l'occasion un coup de main aux fermiers dans les menus travaux de leur ferme ; aidait à faire les foins, rajustait les clôtures, menait les chevaux à l'abreuvoir, ramenait les vaches du pâturage, et fendait du bois pour le feu d'hiver. Il mettait aussi de côté la dignité magistrale et l'absolu pourvoir avec lesquels il gouvernait son royaume, l'école, et devenait merveilleusement aimable et insinuant. Il trouvait grâce aux yeux des mères en choyant les enfants, surtout les plus jeunes ; et semblable au lion magnanime qui jadis en usa si généreusement avec l'agneau, il s'asseyait avec un enfant sur un genou, et du pied remuait un berceau pendant des heures entières sans s'arrêter.

In addition to his other vocations, he was the singing-master of the neighborhood, and picked up many bright shillings by instructing the young folks in psalmody. It was a matter of no little vanity to him on Sundays, to take his station in front of the church gallery, with a band of chosen singers; where, in his own mind, he completely carried away the palm from the parson. Certain it is, his voice resounded far above all the rest of the congregation; and there are peculiar quavers still to be heard in that church, and which may even be heard half a mile off, quite to the opposite side of the millpond, on a still Sunday morning, which are said to be legitimately descended from the nose of Ichabod Crane. Thus, by divers little makeshifts, in that ingenious way which is commonly denominated "by hook and by crook," the worthy pedagogue got on tolerably enough, and was thought, by all who understood nothing of the labor of headwork, to have a wonderfully easy life of it.

The schoolmaster is generally a man of some importance in the female circle of a rural neighborhood; being considered a kind of idle, gentlemanlike personage, of vastly superior taste and accomplishments to the rough country swains, and, indeed, inferior in learning only to the parson. His appearance, therefore, is apt to occasion some little stir at the tea-table of a farmhouse, and the addition of a supernumerary dish of cakes or sweet-meats, or, peradventure, the parade of a silver teapot.

En outre de ses autres talents, il était le maître de chant du voisinage, et raccrochait plus d'un schelling brillant à instruire les jeunes gens dans la psalmodie. Ce n'était pas un sujet de peu de vanité pour lui, les dimanches, que de prendre sa place à l'église sur le devant de la galerie, avec un groupe de chanteurs d'élite ; où, dans son opinion personnelle, il enlevait bien facilement la palme des mains du ministre. Toujours est-il que sa voix retentissait beaucoup au-dessus de toutes les autres voix de la congrégation ; et il y a de certains fredons qu'on peut encore entendre dans cette église, et qu'on peut même entendre d'un demi-mille de là, tout à fait de l'autre côté de l'étang du moulin, par une silencieuse matinée de dimanche, que l'on dit descendre en ligne directe du nez d'Ichabod Crane. C'est ainsi que par diverses petites industries, de cette ingénieuse façon que l'on définit communément « s'aider des pieds et des mains », le digne pédagogue menait une existence assez tolérable, et était réputé, par tous ceux qui ne comprenaient rien aux fatigues du travail de tête, avoir la vie la plus facile du monde.

Le maître d'école est généralement un homme de quelque importance dans le cercle féminin d'un voisinage rustique ; étant considéré comme une espèce d'oisif personnage quasi-gentleman, infiniment supérieur par son goût et ses talents aux jeunes gens grossiers de la campagne, et, qui plus est, inférieur en savoir seulement au ministre. Son apparition est donc sujette à occasionner certaine petite agitation à la table de thé d'une métairie, et l'addition d'un plat d'extra, de gâteaux ou de sucreries, ou d'aventure le luxe d'une théière d'argent.

Our man of letters, therefore, was peculiarly happy in the smiles of all the country damsels. How he would figure among them in the churchyard, between services on Sundays; gathering grapes for them from the wild vines that overran the surrounding trees; reciting for their amusement all the epitaphs on the tombstones; or sauntering, with a whole bevy of them, along the banks of the adjacent millpond; while the more bashful country bumpkins hung sheepishly back, envying his superior elegance and address.

From his half-itinerant life, also, he was a kind of travelling gazette, carrying the whole budget of local gossip from house to house, so that his appearance was always greeted with satisfaction. He was, moreover, esteemed by the women as a man of great erudition, for he had read several books quite through, and was a perfect master of Cotton Mather's "History of New England Witchcraft," in which, by the way, he most firmly and potently believed.

He was, in fact, an odd mixture of small shrewdness and simple credulity. His appetite for the marvellous, and his powers of digesting it, were equally extraordinary; and both had been increased by his residence in this spell-bound region. No tale was too gross or monstrous for his capacious swallow. It was often his delight, after his school was dismissed in the afternoon, to stretch himself on the rich bed of clover bordering the little brook that whimpered by his schoolhouse,

Or, notre homme de lettres se complaisait particulièrement dans les sourires des jeunes filles du pays. Comme il figurait au milieu d'elles dans le cimetière entre les offices, les dimanches, cueillant pour elles du raisin sur les ceps de vigne sauvage qui tapissaient les arbres d'alentour ; récitant pour leur amusement toutes les épitaphes placées sur les tombes, ou s'ébattant avec tout un essaim d'icelles sur les bords de l'étang du moulin adjacent, tandis que les lourdauds de l'endroit, plus timides, restaient niaisement en arrière, envieux de son élégance et de son adresse supérieures !

Par suite de son existence semi-ambulante aussi, c'était une espèce de gazette voyageuse, portant de maison en maison tout le répertoire des caquets de la localité, de sorte que ses visites étaient toujours accueillies avec plaisir. Il était en outre estimé par les femmes un homme de grande érudition, car il avait lu plusieurs livres d'un bout à l'autre, et possédait à fond l'*Histoire de la magie dans la Nouvelle-Angleterre*, par Cotton Mather, à laquelle, soit dit en passant, il croyait très fermement et de toutes ses forces.

C'était dans le fait un singulier mélange de finesse étroite et de crédulité naïve. Son amour pour le merveilleux et son aisance à le digérer étaient également extraordinaires ; et l'un et l'autre s'étaient accrus par suite de sa résidence dans cette région enchantée. Il n'y avait pas de conte trop grossier, trop monstrueux pour son robuste estomac. C'était souvent son bonheur, après avoir fermé son école dans l'après-midi, que de s'étendre sur le lit de trèfle odorant qui bordait le petit ruisseau gazouillant auprès de sa classe,

and there con over old Mather's direful tales, until the gathering dusk of evening made the printed page a mere mist before his eyes. Then, as he wended his way by swamp and stream and awful woodland, to the farmhouse where he happened to be quartered, every sound of nature, at that witching hour, fluttered his excited imagination, — the moan of the whip-poor-will from the hillside, the boding cry of the tree toad, that harbinger of storm, the dreary hooting of the screech owl, or the sudden rustling in the thicket of birds frightened from their roost. The fireflies, too, which sparkled most vividly in the darkest places, now and then startled him, as one of uncommon brightness would stream across his path; and if, by chance, a huge blockhead of a beetle came winging his blundering flight against him, the poor varlet was ready to give up the ghost, with the idea that he was struck with a witch's token. His only resource on such occasions, either to drown thought or drive away evil spirits, was to sing psalm tunes and the good people of Sleepy Hollow, as they sat by their doors of an evening, were often filled with awe at hearing his nasal melody, "in linked sweetness long drawn out," floating from the distant hill, or along the dusky road.

et là de relire et méditer les récits effrayants du vieux Mather, jusqu'à ce que les ombres croissantes du soir fissent flotter devant ses yeux comme un brouillard la page d'impression. Alors, comme il reprenait par le marais, le ruisseau, le bois imposant et sombre, le chemin de la ferme où il se trouvait être caserné, tous les bruits de la nature, à cette heure des enchantements, troublaient son imagination surexcitée : le gémissement du whip-poor-will[1] parti du flanc de la colline, le cri prophétique du crapaud des joncs, ce précurseur de l'orage ; la note lugubrement moqueuse de la fresaie, ou bien un bruissement soudain dans le feuillage, causé par des oiseaux s'envolant effrayés de la branche. Les lampyres aussi, qui étincelaient plus splendides dans les endroits plus sombres, de temps à autre le faisaient tressaillir, quand l'un d'eux, d'un éclat plus vif, glissait en travers de sa route ; et si par hasard un grand imbécile d'escarbot venait étourdiment se jeter contre lui dans son vol, le pauvre diable était près de rendre l'âme, sous l'idée qu'une sorcière lui avait imprimé sa marque. Son unique ressource, en pareil cas, soit pour noyer ses pensées, soit pour écarter de lui les esprits malins, était de chanter des airs de psaumes ; — et les bonnes gens du Vallon endormi, comme ils étaient assis le soir sur le pas de leur porte, étaient souvent frappés de crainte et de respect en entendant sa mélodie nasale « se dérouler longuement en chaînons mélodieux », flottant au-dessus d'une colline lointaine, ou courant sur la route ténébreuse.

---

1. Le *whip-poor-will* est un oiseau que l'on entend seulement la nuit. Il tire son nom de son ramage, qui est censé ressembler à ces mots.

Another of his sources of fearful pleasure was to pass long winter evenings with the old Dutch wives, as they sat spinning by the fire, with a row of apples roasting and spluttering along the hearth, and listen to their marvellous tales of ghosts and goblins, and haunted fields, and haunted brooks, and haunted bridges, and haunted houses, and particularly of the headless horseman, or Galloping Hessian of the Hollow, as they sometimes called him. He would delight them equally by his anecdotes of witchcraft, and of the direful omens and portentous sights and sounds in the air, which prevailed in the earlier times of Connecticut; and would frighten them woefully with speculations upon comets and shooting stars; and with the alarming fact that the world did absolutely turn round, and that they were half the time topsy-turvy!

But if there was a pleasure in all this, while snugly cuddling in the chimney corner of a chamber that was all of a ruddy glow from the crackling wood fire, and where, of course, no spectre dared to show its face, it was dearly purchased by the terrors of his subsequent walk homewards. What fearful shapes and shadows beset his path, amidst the dim and ghastly glare of a snowy night! With what wistful look did he eye every trembling ray of light streaming across the waste fields from some distant window! How often was he appalled by some shrub covered with snow, which, like a sheeted spectre, beset his very path!

Une autre source pour lui de fiévreux plaisir était de passer, l'hiver, de longues soirées avec les vieilles ménagères hollandaises, pendant qu'elles étaient assises à filer auprès du feu, avec une rangée de pommes rôtissant et bavant le long du foyer, et de prêter l'oreille à leurs merveilleux récits de fantômes et de lutins, et de champs où il revenait, et de ruisseaux où il revenait, et de ponts où il revenait, et de maisons où il revenait, et particulièrement du cavalier sans tête, ou Hessois galopant du Vallon, comme on l'appelait quelquefois. Il les charmait à son tour par ses anecdotes de sorcellerie, ainsi que par celles relatives aux horribles présages, bruits et apparitions sinistres dans l'air, qui étaient si fréquents dans les temps reculés du Connecticut, et les effrayait lamentablement avec ses spéculations au sujet des comètes et des étoiles filantes, et de ce fait alarmant que le monde tournait positivement sur lui-même et qu'elles avaient la moitié du temps la tête en bas !

Mais s'il y avait une jouissance dans tout ceci pendant qu'il était chaudement tapi dans le coin de la cheminée d'une chambre remplie de la lueur d'un rouge pâle s'échappant d'un pétillant feu de bois, et où par conséquent nul spectre n'osait montrer le bout de son nez, elle était ensuite chèrement payée par les terreurs de son retour au logis. Quelles formes, quelles ombres effrayantes n'assiégeaient pas sa route au milieu des horribles et sombres lueurs que projette la neige pendant la nuit ! De quel œil attentif il regardait le moindre rayon de lumière se détacher tremblotant de quelque fenêtre lointaine et ruisseler à travers les campagnes désertes ! Que de fois il fut terrifié par quelque arbuste couvert de neige, qui, semblable à un fantôme dans son linceul, lui barrait le chemin !

How often did he shrink with curdling awe at the
sound of his own steps on the frosty crust beneath his
feet; and dread to look over his shoulder, lest he should
behold some uncouth being tramping close behind him!
And how often was he thrown into complete dismay
by some rushing blast, howling among the trees, in
the idea that it was the Galloping Hessian on one of
his nightly scourings!

All these, however, were mere terrors of the night,
phantoms of the mind that walk in darkness; and
though he had seen many spectres in his time, and
been more than once beset by Satan in divers shapes,
in his lonely perambulations, yet daylight put an end
to all these evils; and he would have passed a pleasant
life of it, in despite of the Devil and all his works, if
his path had not been crossed by a being that causes
more perplexity to mortal man than ghosts, goblins,
and the whole race of witches put together, and that
was — a woman.

Among the musical disciples who assembled, one
evening in each week, to receive his instructions in
psalmody, was Katrina Van Tassel, the daughter and
only child of a substantial Dutch farmer. She was a
blooming lass of fresh eighteen; plump as a partridge;
ripe and melting and rosy-cheeked as one of her father's
peaches, and universally famed, not merely for her
beauty, but her vast expectations. She was withal a little
of a coquette, as might be perceived even in her dress,

Que de fois le bruit même de ses pas sur la croûte de glace que foulaient ses pieds le fit reculer avec une crainte mêlée de respect qui glaçait son sang dans ses veines ! que de fois il redouta de regarder par-dessus son épaule, de peur qu'il ne vît quelque étrange créature marchant immédiatement derrière lui ! — et que de fois il fut plongé dans une complète épouvante par quelque furieuse rafale hurlant parmi les arbres, dans la pensée que c'était le Hessois galopant dans une de ses courses nocturnes !

Tout cela cependant n'était que des terreurs enfantées par la nuit, des fantômes de l'esprit qui marchent dans les ténèbres ; et quoiqu'il eût vu bien des spectres dans son temps, été plus d'une fois assailli sous diverses formes par Satan pendant ses courses solitaires, le jour ne laissait pas de mettre un terme à toutes ces angoisses ; et il aurait en somme passé une vie assez agréable, en dépit du diable et de toute sa séquelle, si son chemin n'avait pas été traversé par un être qui cause aux hommes mortels plus de soucis que les fantômes, les lutins et toute la race des sorcières mis ensemble, et cet être était — une femme.

Au nombre des élèves en musique qui se réunissaient un soir de chaque semaine pour recevoir ses instructions dans la psalmodie, se trouvait Katrina Van Tassel, la fille et l'unique enfant d'un riche fermier hollandais. C'était une fraîche jeune fille de dix-huit ans à peine, dodue comme une perdrix, mûre, fondante, à la pulpe rosée comme une des pêches de son père, et renommée partout non-seulement pour sa beauté, mais pour ses grandes espérances. Elle était avec cela tant soit peu coquette, ainsi qu'on pouvait s'en apercevoir à sa toilette,

which was a mixture of ancient and modern fashions, as most suited to set off her charms. She wore the ornaments of pure yellow gold, which her great-great-grandmother had brought over from Saardam; the tempting stomacher of the olden time, and withal a provokingly short petticoat, to display the prettiest foot and ankle in the country round.

Ichabod Crane had a soft and foolish heart towards the sex; and it is not to be wondered at that so tempting a morsel soon found favor in his eyes, more especially after he had visited her in her paternal mansion. Old Baltus Van Tassel was a perfect picture of a thriving, contented, liberal-hearted farmer. He seldom, it is true, sent either his eyes or his thoughts beyond the boundaries of his own farm; but within those everything was snug, happy and well-conditioned. He was satisfied with his wealth, but not proud of it; and piqued himself upon the hearty abundance, rather than the style in which he lived. His stronghold was situated on the banks of the Hudson, in one of those green, sheltered, fertile nooks in which the Dutch farmers are so fond of nestling. A great elm tree spread its broad branches over it, at the foot of which bubbled up a spring of the softest and sweetest water, in a little well formed of a barrel; and then stole sparkling away through the grass, to a neighboring brook, that babbled along among alders and dwarf willows. Hard by the farmhouse was a vast barn, that might have served for a church; every window and crevice of which seemed

laquelle était un mélange de modes anciennes et modernes, comme très propre à donner du relief à ses charmes. Elle portait les ornements en pur or jaune que sa grand-grand-grand-mère avait apportés de Saardam ; le séduisant corsage lacé du vieux temps, et avec cela le jupon court le plus provoquant, afin de mettre en évidence les plus jolis pied et cou-de-pied qui fussent dans le pays d'alentour.

Ichabod Crane avait pour le beau sexe une tendre et galante inclination ; il n'y a donc pas à s'étonner de ce qu'un si friand morceau trouva bientôt grâce à ses yeux, plus particulièrement encore après qu'il fut allé la voir dans la maison de son père. Le vieux Baltus Van Tassel était la peinture achevée d'un fermier prospère, content, au cœur d'or. Il laissait rarement errer, il est vrai, ses yeux ou ses pensées au delà des limites de sa propre métairie ; mais tout dans ce rayon était heureux, bien clos et dans de bonnes conditions. Il se réjouissait de son opulence, mais n'en était pas orgueilleux pour cela, et se piquait plutôt d'une solide abondance que de la forme dans sa manière de vivre. Son château fort était situé sur les bords de l'Hudson, dans l'un de ces verdoyants, bien abrités et fertiles recoins où les fermiers hollandais aiment tant à faire leur nid. Un orme immense étendait par-dessus ses larges branches, au pied duquel murmurait une source de l'eau la plus fraîche et la plus limpide, qui tombait dans un petit puits formé par un baril, et puis, se glissant doucement, étincelait en disparaissant sous l'herbe, pour rejoindre un ruisseau voisin qui gazouillait en courant parmi les aulnes et les saules-nains. Attenant au corps de logis, s'élevait une vaste grange qui aurait pu servir d'église, et dont toutes les fenêtres et les fissures semblaient

bursting forth with the treasures of the farm; the flail was busily resounding within it from morning to night; swallows and martins skimmed twittering about the eaves; and rows of pigeons, some with one eye turned up, as if watching the weather, some with their heads under their wings or buried in their bosoms, and others swelling, and cooing, and bowing about their dames, were enjoying the sunshine on the roof. Sleek unwieldy porkers were grunting in the repose and abundance of their pens, from whence sallied forth, now and then, troops of sucking pigs, as if to snuff the air. A stately squadron of snowy geese were riding in an adjoining pond, convoying whole fleets of ducks; regiments of turkeys were gobbling through the farmyard, and Guinea fowls fretting about it, like ill-tempered housewives, with their peevish, discontented cry. Before the barn door strutted the gallant cock, that pattern of a husband, a warrior and a fine gentleman, clapping his burnished wings and crowing in the pride and gladness of his heart,—sometimes tearing up the earth with his feet, and then generously calling his ever-hungry family of wives and children to enjoy the rich morsel which he had discovered.

The pedagogue's mouth watered as he looked upon this sumptuous promise of luxurious winter fare. In his devouring mind's eye, he pictured to himself every roasting-pig running about with a pudding in his belly, and an apple in his mouth; the pigeons were snugly put to bed in a comfortable pie,

crever sous les trésors de la ferme. Le fléau y résonnait sans
se lasser du matin jusqu'au soir ; dés hirondelles et des mar-
tinets rasaient les gouttières en poussant des cris aigus, et des
rangées de pigeons, les uns l'œil regardant en haut, comme
s'ils examinaient le temps, ceux-ci la tête sous l'aile ou en-
sevelie dans leur jabot, d'autres se gonflant et roucoulant et
faisant les galants auprès de leurs compagnes, se prélassaient
sur le toit aux rayons du soleil. D'énormes pourceaux au poil
lisse grognaient dans le repos et l'abondance de leurs parc,
d'où s'élançaient de temps à autre des bandes de cochons
de lait, pour venir renifler l'air. Un grave escadron d'oies
blanches comme la neige naviguait dans un étang voisin,
escortant des flottilles de canards ; des régiments de din-
dons glougloutaient dans la cour de la ferme, et des poules
d'Afrique l'arpentaient d'un air courroucé, comme des ménagères acariâtres, en poussant leur cri hargneux et rageur.
Devant la porte de la grange marchait fièrement le noble
coq, ce type de l'époux, du guerrier et du fin gentleman,
faisant choquer ses ailes brillantes et coqueriquant dans l'orgueil et la joie de son cœur, — déchirant et creusant parfois la terre avec ses ergots, et alors appelant généreusement
son insatiable famille d'épouses et d'enfants pour partager la
riche aubaine qu'il avait faite.

L'eau venait à la bouche du pédagogue pendant qu'il em-
brassait du regard ces magnifiques promesses de splendide
régal pour l'hiver. L'œil dévorant de son esprit lui peignait
chaque cochon de lait rôti, circulant à la ronde avec un pudding dans le ventre et une pomme dans son groin ; les pigeons
étaient chaudement mis au lit dans un confortable pâté,

and tucked in with a coverlet of crust; the geese were swimming in their own gravy; and the ducks pairing cosily in dishes, like snug married couples, with a decent competency of onion sauce. In the porkers he saw carved out the future sleek side of bacon, and juicy relishing ham; not a turkey but he beheld daintily trussed up, with its gizzard under its wing, and, peradventure, a necklace of savory sausages; and even bright chanticleer himself lay sprawling on his back, in a side dish, with uplifted claws, as if craving that quarter which his chivalrous spirit disdained to ask while living.

As the enraptured Ichabod fancied all this, and as he rolled his great green eyes over the fat meadow lands, the rich fields of wheat, of rye, of buckwheat, and Indian corn, and the orchards burdened with ruddy fruit, which surrounded the warm tenement of Van Tassel, his heart yearned after the damsel who was to inherit these domains, and his imagination expanded with the idea, how they might be readily turned into cash, and the money invested in immense tracts of wild land, and shingle palaces in the wilderness. Nay, his busy fancy already realized his hopes, and presented to him the blooming Katrina, with a whole family of children, mounted on the top of a wagon loaded with household trumpery, with pots and kettles dangling beneath; and he beheld himself bestriding a pacing mare, with a colt at her heels, setting out for Kentucky, Tennessee, —or the Lord knows where!

bien bordés avec une couverture de croûte ; les oies nageaient dans leur propre jus, et les canards s'accouplaient agréablement dans les plats, comme de respectables paires d'époux, avec la quantité convenable de sauce à l'oignon. Déjà dans les pourceaux il voyait, découpée, la savoureuse tranche de lard et l'appétissant, le succulent jambon ; pas un dindon qui ne lui apparût délicatement troussé, avec son gésier sous son aile, et, d'aventure, un collier de délicieux saucissons ; jusqu'au coq à la voix sonore lui-même, qui gisait sur le dos, étendu tout de son long et formant un des plats de côté, les pattes tournées en l'air, comme, s'il implorait humblement cette grâce que, vivant, son cœur chevaleresque dédaignait de demander.

Pendant que, dans son ravissement, Ichabod s'imaginait tout cela ; que ses grands yeux verts se roulaient sur les prairies luxuriantes, les fertiles champs de blé, de seigle, de sarrasin et de maïs, et les vergers pliant sous leurs fruits dorés, qui entouraient la confortable demeure de Van Tassel, son cœur soupirait pour la jeune fille qui devait hériter de ces domaines, et son imagination se dilatait à l'idée qu'il serait bien facile de les convertir en espèces et de mettre l'argent dans une immense étendue de terrains incultes et de palais en planches au milieu du désert. Que dis-je ? son ardente fantaisie réalisait déjà ses espérances et lui présentait la rougissante Katrina, avec toute une famille d'enfants, juchée sur le faîte d'un chariot chargé d'un attirail de ménage d'occasion, de pots et de chaudrons se balançant au-dessous ; et il se voyait chevauchant une paisible jument, laquelle avait un poulain sur les talons, en route pour le Kentucky, le Tennessee, ou Dieu sait quoi.

When he entered the house, the conquest of his heart was complete. It was one of those spacious farmhouses, with high-ridged but lowly sloping roofs, built in the style handed down from the first Dutch settlers; the low projecting eaves forming a piazza along the front, capable of being closed up in bad weather. Under this were hung flails, harness, various utensils of husbandry, and nets for fishing in the neighboring river. Benches were built along the sides for summer use; and a great spinning-wheel at one end, and a churn at the other, showed the various uses to which this important porch might be devoted. From this piazza the wondering Ichabod entered the hall, which formed the centre of the mansion, and the place of usual residence. Here rows of resplendent pewter, ranged on a long dresser, dazzled his eyes. In one corner stood a huge bag of wool, ready to be spun; in another, a quantity of linsey-woolsey just from the loom; ears of Indian corn, and strings of dried apples and peaches, hung in gay festoons along the walls, mingled with the gaud of red peppers; and a door left ajar gave him a peep into the best parlor, where the claw-footed chairs and dark mahogany tables shone like mirrors; andirons, with their accompanying shovel and tongs, glistened from their covert of asparagus tops; mock-oranges and conch-shells decorated the mantelpiece; strings of various-colored birds eggs were suspended

Quand il eut franchi le seuil de la maison, la conquête de son cœur était achevée. C'était une de ces spacieuses métairies, à l'arête très élevée, mais à toiture descendant très bas, construites dans le style transmis par les premiers colons hollandais ; les gouttières, en basse saillie, formant un portique le long de la façade, susceptible de se fermer par le mauvais temps. Sous ce portique étaient suspendus des fléaux, des harnais, divers ustensiles de ménage, et des filets pour pêcher dans la rivière voisine. Des bancs étaient adossés le long des parois pour s'y asseoir l'été ; et un grand rouet à filer placé à un bout, et une baratte à l'autre, indiquaient les différents usages auxquels cet important vestibule pouvait être consacré. C'est par ce portique qu'Ichabod, émerveillé, fit son entrée dans la salle, laquelle formait le centre de la maison et le lieu de résidence habituelle. Ici, des rangées de vaisselle d'étain resplendissante, alignées sur un long dressoir, éblouissaient ses yeux. Dans un coin était un gros paquet de laine tout prêt à être filé ; dans un autre, un amas de tiretaine tout nouvellement sorti du métier ; des épis de blé de Turquie et des cordons de pommes et de pêches séchées se suspendaient en riants festons le long des murs, se mêlant au clinquant des cosses de poivre rouge ; et une porte laissée entrebâillée lui permit de jeter un rapide coup d'œil dans la plus jolie pièce, où les chaises à pieds fourchus et les tables en acajou sombre brillaient comme des miroirs ; des chenets, avec la pelle et les pincettes, leurs accessoires obligés, étincelaient du milieu de leur fourré de pointes d'asperges ; de fausses oranges et de grands coquillages décoraient la tablette de la cheminée ; des cordons d'œufs d'oiseaux aux couleurs variées se suspendaient

above it; a great ostrich egg was hung from the centre of the room, and a corner cupboard, knowingly left open, displayed immense treasures of old silver and well-mended china.

From the moment Ichabod laid his eyes upon these regions of delight, the peace of his mind was at an end, and his only study was how to gain the affections of the peerless daughter of Van Tassel. In this enterprise, however, he had more real difficulties than generally fell to the lot of a knight-errant of yore, who seldom had anything but giants, enchanters, fiery dragons, and such like easily conquered adversaries, to contend with and had to make his way merely through gates of iron and brass, and walls of adamant to the castle keep, where the lady of his heart was confined; all which he achieved as easily as a man would carve his way to the centre of a Christmas pie; and then the lady gave him her hand as a matter of course. Ichabod, on the contrary, had to win his way to the heart of a country coquette, beset with a labyrinth of whims and caprices, which were forever presenting new difficulties and impediments; and he had to encounter a host of fearful adversaries of real flesh and blood, the numerous rustic admirers, who beset every portal to her heart, keeping a watchful and angry eye upon each other, but ready to fly out in the common cause against any new competitor.

au-dessus ; un grand œuf d'autruche se détachait au milieu de la chambre, et un buffet angulaire, laissé ouvert à dessein, étalait d'immenses trésors de vieille argenterie et de porcelaine habilement rajustée.

Du moment où Ichabod eut jeté les yeux sur ces régions enivrantes, sa tranquillité d'esprit disparut, et dès lors son unique souci fut de savoir comment il gagnerait l'affection de l'incomparable fille de Van Tassel. Par malheur, il y avait dans cette entreprise plus de difficultés réelles que n'en rencontrait d'habitude autrefois un chevalier errant, lequel avait rarement autre chose que des géants, des enchanteurs, des dragons enflammés, et autres adversaires dont il était tout aussi facile de triompher, à combattre, et n'avait à se frayer une route, pour arriver au donjon du castel où la dame de ses pensées était renfermée, qu'à travers des portes de fer et d'airain et des murailles de diamant ; toutes choses dont il venait aussi aisément à bout qu'un homme s'ouvrirait une route pour parvenir au centre d'un pâté de Noël ; après quoi la dame lui donnait tout naturellement sa main. Ichabod, lui, avait à toucher le cœur d'une coquette de campagne, flanqué d'un labyrinthe de boutades et de caprices, qui continuellement offraient des difficultés et des obstacles nouveaux ; et de plus il avait à affronter une multitude de terribles adversaires, réels, en chair et en os, les nombreux admirateurs rustiques qui cernaient toutes les avenues de son cœur, ne cessant de promener les uns sur les autres des regards vigilants et courroucés, mais tout prêts à se réunir, dans l'intérêt commun, contre un nouveau compétiteur.

Among these, the most formidable was a burly, roaring, roystering blade, of the name of Abraham, or, according to the Dutch abbreviation, Brom Van Brunt, the hero of the country round, which rang with his feats of strength and hardihood. He was broad-shouldered and double-jointed, with short curly black hair, and a bluff but not unpleasant countenance, having a mingled air of fun and arrogance. From his Herculean frame and great powers of limb he had received the nickname of BROM BONES, by which he was universally known. He was famed for great knowledge and skill in horsemanship, being as dexterous on horseback as a Tartar. He was foremost at all races and cock fights; and, with the ascendancy which bodily strength always acquires in rustic life, was the umpire in all disputes, setting his hat on one side, and giving his decisions with an air and tone that admitted of no gainsay or appeal. He was always ready for either a fight or a frolic; but had more mischief than ill-will in his composition; and with all his overbearing roughness, there was a strong dash of waggish good humor at bottom. He had three or four boon companions, who regarded him as their model, and at the head of whom he scoured the country, attending every scene of feud or merriment for miles round. In cold weather he was distinguished by a fur cap, surmounted with a flaunting fox's tail; and when the folks at a country gathering descried this well-known crest at a distance, whisking about among a squad of hard riders,

Le plus formidable d'entre eux était un gros, bruyant, joyeux compère, du nom d'Abraham, ou, suivant l'abréviation hollandaise, Brom Van Brunt, le héros de tout le pays à la ronde, lequel retentissait de ses prodiges de force et d'audace. Il était large d'épaules et à jointures doubles, avec des cheveux de caniche, noirs et courts, et une mine joufflue, bien qu'assez agréable, car il y avait dans son air un mélange d'arrogance et de gaieté. Sa charpente herculéenne et la force peu commune de ses membres lui avaient fait donner le sobriquet de Brom Bones (Brom les Os), sous lequel il était généralement connu. Il était renommé pour ses connaissances hippiques et son adresse en équitation, sachant aussi bien monter à cheval qu'un Tartare. Il était au premier rang à toutes les courses, à tous les combats de coqs, et, par suite de l'ascendant que la force corporelle donne toujours dans la vie rustique, était l'arbitre de toutes les disputes, mettant son chapeau sur l'oreille et rendant ses arrêts d'un air et d'un ton qui n'admettaient ni contradiction ni appel. Il était toujours là, qu'il s'agît d'une bataille ou d'une espièglerie ; mais il y avait plus de malice que de méchanceté dans son fait, et, malgré son insolente rudesse, une forte dose de bonne humeur plaisante au fond de tout cela. Il avait avec lui trois ou quatre bons compagnons de sa trempe, qui le regardaient comme leur modèle, et à la tête desquels il battait la campagne, prenant part à toutes les scènes de querelle ou de gala qui se produisaient dans un rayon de plusieurs milles. Par les temps froids on le reconnaissait à son bonnet en fourrure, surmonté d'une triomphante queue de renard ; et quand les gens occupés à moissonner dans la campagne voyaient poindre dans le lointain ce panache historique, allant et venant au milieu d'une escouade de hardis cavaliers,

they always stood by for a squall. Sometimes his crew would be heard dashing along past the farmhouses at midnight, with whoop and halloo, like a troop of Don Cossacks; and the old dames, startled out of their sleep, would listen for a moment till the hurry-scurry had clattered by, and then exclaim, "Ay, there goes Brom Bones and his gang!" The neighbors looked upon him with a mixture of awe, admiration, and good-will; and, when any madcap prank or rustic brawl occurred in the vicinity, always shook their heads, and warranted Brom Bones was at the bottom of it.

This rantipole hero had for some time singled out the blooming Katrina for the object of his uncouth gallantries, and though his amorous toyings were something like the gentle caresses and endearments of a bear, yet it was whispered that she did not altogether discourage his hopes. Certain it is, his advances were signals for rival candidates to retire, who felt no inclination to cross a lion in his amours; insomuch, that when his horse was seen tied to Van Tassel's paling, on a Sunday night, a sure sign that his master was courting, or, as it is termed, "sparking," within, all other suitors passed by in despair, and carried the war into other quarters.

Such was the formidable rival with whom Ichabod Crane had to contend, and, considering all things, a stouter man than he would have shrunk from the competition, and a wiser man would have despaired.

ils s'arrêtaient toujours pour les acclamer. Parfois, à minuit, on entendait sa bande passer bride abattue devant les fermes, avec des hop ! hop ! comme une troupe de Cosaques du Don ; et les vieilles femmes, réveillées en sursaut dans leur somme, prêtaient un instant l'oreille jusqu'à ce que le fracas de ce tohu-bohu se fût éloigné, puis s'écriaient : « Allons, c'est encore Brom Bones et sa clique ! » Les voisins le considéraient avec un mélange de crainte respectueuse, d'admiration et de sympathie ; et si quelque folle équipée, ou quelque dispute entre paysans, avait lieu dans les environs, ne manquaient jamais de secouer la tête et de jurer qu'il y avait du Brom Bones là-dessous.

Ce héros d'extravagance avait depuis quelque temps choisi la rougissante Katrina pour but de ses rudes galanteries ; et bien que ses cajoleries amoureuses ressemblassent quelque peu aux galantes caresses et aux badinages délicats d'un ours, cependant on se disait tout bas qu'elle ne rebutait pas complètement ses espérances. Toujours est-il que, pour les candidats ses rivaux qui ne se sentaient pas d'humeur à traverser un lion dans ses amours, ses avances étaient une injonction de se retirer ; si bien que quand, un dimanche soir, on voyait son cheval attaché à la palissade de Van Tassel, indice certain que son maître était à faire sa cour, ou, comme on dit, « à conter fleurette », dans la maison, tous autres prétendants passaient tranquillement leur chemin, et allaient porter la guerre dans d'autres parages.

Tel était le formidable rival contre lequel Ichabod Crane avait à lutter, et, toutes choses considérées, un plus hardi que lui aurait reculé devant la lutte, un plus sage aurait désespéré.

He had, however, a happy mixture of pliability and perseverance in his nature; he was in form and spirit like a supple-jack—yielding, but tough; though he bent, he never broke; and though he bowed beneath the slightest pressure, yet, the moment it was away—jerk!—he was as erect, and carried his head as high as ever.

To have taken the field openly against his rival would have been madness; for he was not a man to be thwarted in his amours, any more than that stormy lover, Achilles. Ichabod, therefore, made his advances in a quiet and gently insinuating manner. Under cover of his character of singing-master, he made frequent visits at the farmhouse; not that he had anything to apprehend from the meddlesome interference of parents, which is so often a stumbling-block in the path of lovers. Balt Van Tassel was an easy indulgent soul; he loved his daughter better even than his pipe, and, like a reasonable man and an excellent father, let her have her way in everything. His notable little wife, too, had enough to do to attend to her housekeeping and manage her poultry; for, as she sagely observed, ducks and geese are foolish things, and must be looked after, but girls can take care of themselves. Thus, while the busy dame bustled about the house, or plied her spinning-wheel at one end of the piazza, honest Balt would sit smoking his evening pipe at the other, watching the achievements of a little wooden warrior, who, armed with a sword in each hand, was most valiantly fighting the wind on the pinnacle of the barn.

Mais il y avait dans sa nature un heureux mélange de docilité
et de persévérance ; il ressemblait, par la forme et par le fond,
à un jack flexible, — sans résistance, mais tenace ; il pliait,
mais ne rompait jamais ; et bien qu'il courbât, sous la plus
légère pression, du moment où elle n'existait plus — crac —
il était aussi droit et portait la tête aussi haute qu'auparavant.

Prendre ouvertement du champ contre son rival eût été
de la démence, car celui-ci n'était pas homme à se laisser
traverser dans ses amours, non plus que ce tempétueux
amant, Achille. Ichabod fit donc sa cour d'une façon paisible
et doucement insinuante. Sous le manteau de son caractère
de maître à chanter, il rendait de fréquentes visites à la
ferme ; non pas qu'il eût la moindre chose à appréhender de
l'indiscrète intervention des parents, qui si souvent est une
pierre d'achoppement dans le sentier des amoureux. Balt Van
Tassel était une commode et indulgente personne ; il aimait
sa fille plus encore que sa pipe, et, en homme raisonnable
comme en père excellent, la laissait en toute chose agir à sa
guise. Son active petite femme, de son côté, avait bien assez
à faire de s'occuper de son ménage et de diriger la volaille ;
car, ainsi qu'elle en faisait sagement la remarque, les canards
et les oies sont de folles créatures, et il ne faut jamais les
perdre de vue, mais les jeunes filles peuvent bien se garder
elles-mêmes. De sorte que, tandis que cette remuante dame
courait affairée dans la maison ou faisait aller son rouet à
un bout du hangar, l'honnête Balt était assis à l'autre,
fumant sa pipe du soir et observant les évolutions d'un petit
guerrier de bois vaillamment occupé, une épée dans chaque
main, à guerroyer avec le vent sur le pinacle de la grange.

In the mean time, Ichabod would carry on his suit with the daughter by the side of the spring under the great elm, or sauntering along in the twilight, that hour so favorable to the lover's eloquence.

I profess not to know how women's hearts are wooed and won. To me they have always been matters of riddle and admiration. Some seem to have but one vulnerable point, or door of access; while others have a thousand avenues, and may be captured in a thousand different ways. It is a great triumph of skill to gain the former, but a still greater proof of generalship to maintain possession of the latter, for man must battle for his fortress at every door and window. He who wins a thousand common hearts is therefore entitled to some renown; but he who keeps undisputed sway over the heart of a coquette is indeed a hero. Certain it is, this was not the case with the redoubtable Brom Bones; and from the moment Ichabod Crane made his advances, the interests of the former evidently declined: his horse was no longer seen tied to the palings on Sunday nights, and a deadly feud gradually arose between him and the preceptor of Sleepy Hollow.

Brom, who had a degree of rough chivalry in his nature, would fain have carried matters to open warfare and have settled their pretensions to the lady, according to the mode of those most concise and simple reasoners, the knights-errant of yore,—by single combat; but Ichabod was too conscious of the superior might of his adversary to enter the lists against him; he had overheard a boast of Bones,

Et pendant ce temps-là Ichabod menait ses affaires auprès de la fille, sous le grand orme au bord de la source, ou l'entraînait dans le crépuscule, cette heure si propice à l'éloquence des amants.

Je n'ai pas la prétention de savoir comment s'attaquent et s'enlèvent les cœurs de femme. Ils ont toujours été pour moi un sujet d'énigme et d'étonnement. Ceux-ci semblent n'avoir qu'un point vulnérable, qu'une porte d'entrée, tandis que d'autres ont mille avenues, et peuvent se capturer de mille façons différentes. C'est un chef-d'œuvre d'habileté que de conquérir les premiers, mais une preuve plus grande encore de talent stratégique que de se maintenir en possession des derniers, car il faut alors guerroyer pour sa forteresse à chaque porte, à chaque fenêtre. Celui qui prend d'assaut mille cœurs vulgaires a donc droit à quelque renommée ; mais celui qui règne sans partage sur le cœur d'une coquette est à coup sûr un héros. Certain est-il que tel n'était pas le cas du redoutable Brom Bones ; et du moment où Ichabod Crane eut posé sa candidature, les actions du premier dégringolèrent affreusement. On ne vit plus dès lors son cheval attaché aux palissades les dimanches soirs, et une haine mortelle s'éleva peu à peu entre lui et l'instituteur du Vallon endormi.

Brom, qui avait une certaine dose d'aspérité chevaleresque dans sa nature, aurait volontiers porté l'affaire en champ clos, et vidé leurs prétentions sur la dame suivant la méthode de ces expéditifs et candides logiciens, les chevaliers errants du temps jadis — dans un combat singulier ; mais Ichabod avait trop conscience de la force supérieure de son adversaire pour entrer en lice contre lui. Il avait eu vent de la bravade de Bones,

that he would "double the schoolmaster up, and lay him
on a shelf of his own schoolhouse;" and he was too wary
to give him an opportunity. There was something extre-
mely provoking in this obstinately pacific system; it left
Brom no alternative but to draw upon the funds of rustic
waggery in his disposition, and to play off boorish prac-
tical jokes upon his rival. Ichabod became the object of
whimsical persecution to Bones and his gang of rough riders. They harried his hitherto peaceful domains; smoked
out his singing school by stopping up the chimney; broke
into the schoolhouse at night, in spite of its formidable
fastenings of withe and window stakes, and turned everything topsy-turvy, so that the poor schoolmaster began
to think all the witches in the country held their meetings
there. But what was still more annoying, Brom took all
opportunities of turning him into ridicule in presence of
his mistress, and had a scoundrel dog whom he taught to
whine in the most ludicrous manner, and introduced as a
rival of Ichabod's, to instruct her in psalmody.

In this way matters went on for some time, without
producing any material effect on the relative situations
of the contending powers. On a fine autumnal afternoon,
Ichabod, in pensive mood, sat enthroned on the lofty
stool from whence he usually watched all the concerns
of his little literary realm. In his hand he swayed a
ferule, that sceptre of despotic power; the birch of justice
reposed on three nails behind the throne, a constant
terror to evil doers, while on the desk before him

« qu'il plierait en deux le maître d'école et le placerait sur un rayon de sa classe, » et il était bien trop avisé pour lui en donner l'occasion. Il y avait quelque chose d'extrêmement provoquant dans ce système d'obstination pacifique ; il ne laissait à Brom d'autre alternative que de faire avancer son corps de réserve, les malices rustiques à sa disposition, et d'essayer de grossières plaisanteries pratiqués sur son rival. Ichabod devint un objet de persécution fantastique pour Bones et sa bande d'incultes cavaliers. Ils harcelèrent ses domaines jusque-là paisibles ; enfumèrent sa classe de chant, en bouchant la cheminée ; envahirent nuitamment l'école, en dépit de ses formidables attaches d'osier et des pieux garnissant les fenêtres, et mirent toutes choses sens dessus dessous : si bien que le pauvre maître d'école commença à croire que toutes les sorcières de la contrée s'y donnaient rendez-vous. Mais ce qu'il y avait de plus contrariant, c'est que Brom saisissait toutes les occasions de le tourner en ridicule en présence de sa maîtresse, et avait un misérable chien auquel il apprenait à se plaindre de la façon la plus grotesque, et qu'il lui présenta, comme un rival d'Ichabod, pour l'instruire dans la psalmodie.

Les choses allèrent ainsi pendant quelque temps sans produire aucun effet matériel sur la situation respective des puissances belligérantes. Par une belle après-midi d'automne, Ichabod, pensif et rêveur, était assis trônant sur le tabouret élevé d'où il avait coutume de veiller à tous les intérêts de son petit royaume littéraire ; sa main brandissait la férule, emblème de son pouvoir despotique ; la verge de justice reposait sur trois clous derrière le trône, perpétuelle terreur pour les méchants ; tandis que sur le pupitre placé devant lui

might be seen sundry contraband articles and prohibited weapons, detected upon the persons of idle urchins, such as half-munched apples, popguns, whirligigs, fly-cages, and whole legions of rampant little paper gamecocks. Apparently there had been some appalling act of justice recently inflicted, for his scholars were all busily intent upon their books, or slyly whispering behind them with one eye kept upon the master; and a kind of buzzing stillness reigned throughout the schoolroom. It was suddenly interrupted by the appearance of a negro in tow-cloth jacket and trowsers, a round-crowned fragment of a hat, like the cap of Mercury, and mounted on the back of a ragged, wild, half-broken colt, which he managed with a rope by way of halter. He came clattering up to the school door with an invitation to Ichabod to attend a merry-making or "quilting frolic," to be held that evening at Mynheer Van Tassel's; and having delivered his message with that air of importance, and effort at fine language, which a negro is apt to display on petty embassies of the kind, he dashed over the brook, and was seen scampering away up the hollow, full of the importance and hurry of his mission.

All was now bustle and hubbub in the late quiet schoolroom. The scholars were hurried through their lessons without stopping at trifles; those who were nimble skipped over half with impunity, and those who were tardy had a smart application now and then in the rear,

se pouvaient voir divers articles de contrebande et armes prohibées saisis sur les personnes de polissons désœuvrés, tels que pommes à moitié mâchées, canonnières, pirouettes, cages à mouches, et des légions tout entières de petits coqs de combat en papier. Apparemment il y avait eu quelque terrible acte de justice récemment accompli, car ses élèves étaient tous ardemment appliqués sur leurs livres, ou chuchotaient adroitement derrière, un œil fixé sur le maître, et il régnait dans la classe une espèce de bourdonnante tranquillité. Elle fut tout à coup interrompue par l'arrivée d'un nègre en jaquette et en culotte d'étoupe, avec un à peu près de chapeau, rond et en forme de couronne, comme le chapeau de Mercure, et monté sur le dos d'un ânon tout éraillé, à l'air effarouché, et aux trois quarts usé, qu'il dirigeait avec une corde en guise de licou. Il arrivait avec fracas à l'école, porteur d'une invitation pour Ichabod à assister au joyeux banquet, à la « piquante folie », qui devait avoir lieu le soir même chez *Mynherr* Van Tassel ; et s'étant acquitté de son message avec cet air d'importance et cette prétention au beau langage qu'un nègre est enclin à déployer dans les petites missions de ce genre, il franchit le ruisseau comme un trait, et l'on put le voir remontant précipitamment le vallon, pénétré de l'intérêt et de l'urgence de son mandat.

Tout était maintenant agitation, vacarme dans la classe naguère encore si tranquille. Les élèves eurent à dépêcher leurs leçons sans s'arrêter aux bagatelles ; ceux qui étaient agiles en sautèrent impunément la moitié, et ceux qui n'avaient pas la même prestesse reçurent de temps à autre par derrière une cuisante admonition,

to quicken their speed or help them over a tall word.
Books were flung aside without being put away on the
shelves, inkstands were overturned, benches thrown
down, and the whole school was turned loose an hour
before the usual time, bursting forth like a legion of
young imps, yelping and racketing about the green in joy
at their early emancipation.

The gallant Ichabod now spent at least an extra half
hour at his toilet, brushing and furbishing up his best,
and indeed only suit of rusty black, and arranging his
locks by a bit of broken looking-glass that hung up in the
schoolhouse. That he might make his appearance before
his mistress in the true style of a cavalier, he borrowed a
horse from the farmer with whom he was domiciliated, a
choleric old Dutchman of the name of Hans Van Ripper,
and, thus gallantly mounted, issued forth like a knight-
errant in quest of adventures. But it is meet I should, in
the true spirit of romantic story, give some account of
the looks and equipments of my hero and his steed. The
animal he bestrode was a broken-down plow-horse, that
had outlived almost everything but its viciousness. He
was gaunt and shagged, with a ewe neck, and a head like a
hammer; his rusty mane and tail were tangled and knotted
with burs; one eye had lost its pupil, and was glaring and
spectral, but the other had the gleam of a genuine devil
in it. Still he must have had fire and mettle in his day,
if we may judge from the name he bore of Gunpowder.

à cette fin de stimuler leur zèle ou de les aider à doubler un mot formidable. Les livres furent jetés au loin, sans qu'on se donnât la peine de les serrer sur les rayons, les encriers renversés, les bancs mis sens dessus dessous, et toute l'école licenciée une heure plus tôt que l'heure habituelle, s'échappant comme une légion de diablotins, glapissant et vociférant en courant sur le gazon ; tout joyeux de leur émancipation prématurée.

L'amoureux Ichabod dut alors passer à sa toilette au moins une demi-heure de plus qu'à l'ordinaire, brosser et fourbir son meilleur, et à vrai dire unique habit hoir de rouille, et s'arranger les cheveux devant un morceau de miroir cassé qui était accroché dans l'école. Afin de pouvoir paraître devant sa maîtresse dans le véritable style d'un cavalier, il emprunta un cheval au fermier chez lequel il était domicilié, un vieux Hollandais colère du nom de Hans Van Ripper, et, ainsi galamment monté, se mît en campagne comme un chevalier errant en quête d'aventures. Mais il serait à propos que, suivant les saines traditions du récit romanesque, je donnasse quelque description de la mine et de l'équipement de mon héros et de son coursier. L'animal qu'il montait était un cheval de charrue hors d'usage, à qui les ans n'avaient guère laissé que ses vices. Il était maigre et velu, avec un cou de brebis et une tête qui ressemblait à un marteau ; sa crinière et sa queue, d'un noir sale, étaient entremêlées de cotylédons ; un œil avait perdu sa pupille et était vitreux comme celui d'un spectre ; mais un franc démon prêtait à l'autre son éclat. Pourtant il devait avoir eu du feu, de l'ardeur dans son temps, si l'on en peut juger d'après son nom, qui était Gunpowder (Poudre à canon).

He had, in fact, been a favorite steed of his master's, the choleric Van Ripper, who was a furious rider, and had infused, very probably, some of his own spirit into the animal; for, old and broken-down as he looked, there was more of the lurking devil in him than in any young filly in the country.

Ichabod was a suitable figure for such a steed. He rode with short stirrups, which brought his knees nearly up to the pommel of the saddle; his sharp elbows stuck out like grasshoppers'; he carried his whip perpendicularly in his hand, like a sceptre, and as his horse jogged on, the motion of his arms was not unlike the flapping of a pair of wings. A small wool hat rested on the top of his nose, for so his scanty strip of forehead might be called, and the skirts of his black coat fluttered out almost to the horses tail. Such was the appearance of Ichabod and his steed as they shambled out of the gate of Hans Van Ripper, and it was altogether such an apparition as is seldom to be met with in broad daylight.

It was, as I have said, a fine autumnal day; the sky was clear and serene, and nature wore that rich and golden livery which we always associate with the idea of abundance. The forests had put on their sober brown and yellow, while some trees of the tenderer kind had been nipped by the frosts into brilliant dyes of orange, purple, and scarlet.

Il avait été, dans le fait, le coursier favori de son maître, l'irascible Van Ripper, lequel était un furieux cavalier, et avait très probablement communiqué à l'animal quelque chose de son propre caractère ; car vieux et hors de service comme il paraissait, il y avait en lui plus du démon que dans n'importe quel jeune poulain de la contrée.

Ichabod était une sortable figure pour un semblable coursier. Il avait les pieds dans des étriers trop courts qui amenaient ses genoux presque au niveau du pommeau de la selle ; ses coudes pointus sortaient comme ceux d'une sauterelle ; il tenait son fouet perpendiculairement dans sa main, ainsi qu'un sceptre, et pendant que son cheval avançait par saccades, le mouvement de ses bras ressemblait assez au battement de deux ailes. Un petit bonnet de laine reposait sur le haut de son nez, car on pouvait appeler ainsi l'étroite bande de son front ; et les basques de son habit allaient flotter presque jusqu'en sur la queue du cheval. Tel était le coup d'œil qu'offraient Ichabod et son coursier, alors qu'ils passaient lourds et gauches le seuil de la porte de Hans Van Ripper ; et c'était vraiment un spectacle tel qu'on en voit rarement en plein midi.

C'était, comme je l'ai dit, une belle journée d'automne ; le ciel était pur et serein, et la nature avait endossé cette éclatante et riche livrée que nous associons toujours à l'idée d'abondance. Les forêts avaient revêtu leurs mélancoliques couleurs brune et jaune, tandis que quelques arbres, de l'espèce la plus tendre, pincés par les gelées, étalaient leurs teintes brillantes d'orangé, de pourpre et d'écarlate.

Streaming files of wild ducks began to make their
appearance high in the air; the bark of the squirrel might
be heard from the groves of beech and hickory-nuts,
and the pensive whistle of the quail at intervals from the
neighboring stubble field.

The small birds were taking their farewell banquets.
In the fullness of their revelry, they fluttered, chirping
and frolicking from bush to bush, and tree to tree,
capricious from the very profusion and variety around
them. There was the honest cock robin, the favorite
game of stripling sportsmen, with its loud querulous
note; and the twittering blackbirds flying in sable clouds;
and the golden-winged woodpecker with his crimson
crest, his broad black gorget, and splendid plumage; and
the cedar bird, with its red-tipt wings and yellow-tipt
tail and its little monteiro cap of feathers; and the blue
jay, that noisy coxcomb, in his gay light blue coat and
white underclothes, screaming and chattering, nodding
and bobbing and bowing, and pretending to be on good
terms with every songster of the grove.

As Ichabod jogged slowly on his way, his eye,
ever open to every symptom of culinary abundance,
ranged with delight over the treasures of jolly autumn.
On all sides he beheld vast store of apples; some
hanging in oppressive opulence on the trees; some
gathered into baskets and barrels for the market;
others heaped up in rich piles for the cider-press.

De fuyantes troupes de canards sauvages commençaient à faire leur apparition au haut des airs ; on pouvait entendre le cri de l'écureuil sortir des bouquets de hêtres et de noyers, et le sifflement pensif de la caille, s'échappant par intervalles du chaume de quelque champ voisin.

Les petits oiseaux savouraient leurs banquets d'adieu. Dans l'enivrement de leur bruyante fête, ils battaient des ailes, gazouillant et se jouant d'arbre en arbre, de buisson en buisson, rendus capricieux par la profusion et la variété mêmes qui les entouraient. C'était l'honnête rouge-gorge, gibier favori des chasseurs adolescents, avec son cri vibrant et plaintif ; et les merles aux notes précipitées, s'envolant par bandes noires ; et le pivert aux ailes d'or avec son panache cramoisi, son large gorgerin noir et son plumage splendide ; et l'oiseau du cèdre, avec ses ailés nuancées de rouge et sa queue nuancée de jaune, et son petit bonnet de cavalier, fait de plumes ; et le geai bleu, ce muscadin bavard, dans son élégant habit bleu clair et son blanc vêtement de dessous, jetant des cris aigus et caquetant, remuant la tête et frappant du bec et faisant la révérence, et affectant d'être en de bons termes avec tous les chantres du bocage.

Cependant qu'Ichabod avançait lentement et par secousses, son œil, toujours ouvert au moindre symptôme d'abondance culinaire, s'égarait avec délices sur les trésors dé l'automne. Partout il voyait d'immenses quantités de pommes, celles-ci étageant sur les arbres leur massive opulence, celles-là serrées pour le marché dans des paniers et des barils, d'autres amoncelées en piles étincelantes pour le pressoir au cidre.

Farther on he beheld great fields of Indian corn, with its golden ears peeping from their leafy coverts, and holding out the promise of cakes and hasty-pudding; and the yellow pumpkins lying beneath them, turning up their fair round bellies to the sun, and giving ample prospects of the most luxurious of pies; and anon he passed the fragrant buckwheat fields breathing the odor of the beehive, and as he beheld them, soft anticipations stole over his mind of dainty slapjacks, well buttered, and garnished with honey or treacle, by the delicate little dimpled hand of Katrina Van Tassel.

Thus feeding his mind with many sweet thoughts and "sugared suppositions," he journeyed along the sides of a range of hills which look out upon some of the goodliest scenes of the mighty Hudson. The sun gradually wheeled his broad disk down in the west. The wide bosom of the Tappan Zee lay motionless and glassy, excepting that here and there a gentle undulation waved and prolonged the blue shadow of the distant mountain. A few amber clouds floated in the sky, without a breath of air to move them. The horizon was of a fine golden tint, changing gradually into a pure apple green, and from that into the deep blue of the mid-heaven. A slanting ray lingered on the woody crests of the precipices that overhung some parts of the river, giving greater depth to the dark gray and purple of their rocky sides. A sloop was loitering in the distance, dropping slowly down with the tide, her sail hanging uselessly against the mast;

Plus loin il découvrait d'immenses champs de blé de Turquie, avec ses épis d'or perçant sous leur couvert de feuilles, qui faisaient briller aux yeux la promesse de gâteaux et de bouillie ; et les citrouilles jaunes couchées au pied, qui tournaient du côté du soleil leurs belles panses arrondies et dévoilaient d'amples perspectives de tourtes des plus savoureuses ; et puis voilà qu'il traversait des champs de sarrasin parfumés, respirant l'odeur de la ruche ; et comme il les contemplait, son esprit mordait doucement, par anticipation, à de friands gâteaux bien beurrés et garnis de miel ou de mélasse par la délicate petite main à fossettes de Katrina Van Tassel.

Nourrissant ainsi son esprit d'une foule de douces pensées et « d'hypothèses sucrées », il faisait route le long des flancs d'une chaîne de collines qui encaissent quelques-unes des plus charmantes scènes qu'offre le majestueux Hudson. Le soleil, tournant sur ses roues, plongeait peu à peu son large disque dans l'Occident. Le vaste sein du Tappan Zee dormait immobile et poli comme un miroir, hormis que çà et là une molle ondulation balançait et prolongeait l'ombre bleue d'une montagne lointaine. Quelques nuages ambrés flottaient dans le ciel sans trouver un souffle d'air pour les pousser. L'horizon était d'une jolie teinte d'or se fondant graduellement dans un vert-pomme clair, pour de là passer au bleu foncé de la voûte céleste. Un oblique rayon s'attardait sur les crêtes boisées de précipices avançant au-dessus de quelques parties du fleuve, donnant plus de profondeur aux nuances gris sombre et pourprée de leurs flancs rocheux. Un sloop se berçait dans le lointain et descendait lentement avec le courant, sa voile négligemment adossée contre le mât ;

and as the reflection of the sky gleamed along the still water, it seemed as if the vessel was suspended in the air.

It was toward evening that Ichabod arrived at the castle of the Heer Van Tassel, which he found thronged with the pride and flower of the adjacent country. Old farmers, a spare leathern-faced race, in homespun coats and breeches, blue stockings, huge shoes, and magnificent pewter buckles. Their brisk, withered little dames, in close-crimped caps, long-waisted short gowns, homespun petticoats, with scissors and pincushions, and gay calico pockets hanging on the outside. Buxom lasses, almost as antiquated as their mothers, excepting where a straw hat, a fine ribbon, or perhaps a white frock, gave symptoms of city innovation. The sons, in short square-skirted coats, with rows of stupendous brass buttons, and their hair generally queued in the fashion of the times, especially if they could procure an eel-skin for the purpose, it being esteemed throughout the country as a potent nourisher and strengthener of the hair.

Brom Bones, however, was the hero of the scene, having come to the gathering on his favorite steed Daredevil, a creature, like himself, full of mettle and mischief, and which no one but himself could manage. He was, in fact, noted for preferring vicious animals, given to all kinds of tricks which kept the rider in constant risk of his neck, for he held a tractable, well-broken horse as unworthy of a lad of spirit.

et comme la réflexion du ciel faisait courir la lumière sur l'onde silencieuse, il semblait que l'embarcation fût suspendue dans l'air.

La nuit était presque tombée quand Ichabod arriva au château du seigneur Van Tassel. Il y trouva réunis en foule l'orgueil et la fleur des pays circonvoisins. De vieux fermiers, race sèche à face de cuir, aux habits et aux culottes confectionnés à la maison, aux bas bleus ; aux énormes souliers et aux splendides boucles d'étain. Leurs petites femmes pétulantes et ridées, aux bonnets gaufrés serré, aux robes courtes à taille longue, aux jupons façonnés au logis, avec des ciseaux et des pelotes, et d'éclatantes poches d'indienne suspendues au côté. De fortes filles, presque aussi mal affublées que leurs mères, excepté quand un chapeau de paille, un joli ruban, ou, d'aventure, une robe blanche, témoignaient des innovations de la ville. Les fils, en habits courts à larges basques, avec des rangées de boutons de cuivre prodigieux, et leurs cheveux généralement en queue, suivant la mode du temps, surtout quand ils avaient pu se procurer une peau d'anguille pour la circonstance, étant ladite peau réputée dans tout le pays très efficace pour nourrir et fortifier les cheveux.

Mais le héros de la fête, c'était Brom Bones, venu à l'assemblée sur son coursier favori, Daredevil (Affronte-démon), créature, comme lui-même, pleine d'ardeur et de malice, et que nul autre que lui ne pouvait gouverner. Il était, défait, connu pour préférer les animaux vicieux, adonnés à toutes sortes de manèges qui mettaient continuellement le cavalier en danger de se rompre le cou, car il tenait un cheval docile et bien dressé pour indigne d'un franc luron.

Fain would I pause to dwell upon the world of charms that burst upon the enraptured gaze of my hero, as he entered the state parlor of Van Tassel's mansion. Not those of the bevy of buxom lasses, with their luxurious display of red and white; but the ample charms of a genuine Dutch country tea-table, in the sumptuous time of autumn. Such heaped up platters of cakes of various and almost indescribable kinds, known only to experienced Dutch housewives! There was the doughty doughnut, the tender oly koek, and the crisp and crumbling cruller; sweet cakes and short cakes, ginger cakes and honey cakes, and the whole family of cakes. And then there were apple pies, and peach pies, and pumpkin pies; besides slices of ham and smoked beef; and moreover delectable dishes of preserved plums, and peaches, and pears, and quinces; not to mention broiled shad and roasted chickens; together with bowls of milk and cream, all mingled higgledy-piggledy, pretty much as I have enumerated them, with the motherly teapot sending up its clouds of vapor from the midst — Heaven bless the mark! I want breath and time to discuss this banquet as it deserves, and am too eager to get on with my story. Happily, Ichabod Crane was not in so great a hurry as his historian, but did ample justice to every dainty.

J'aurais bien envie de m'arrêter pour m'appesantir sur
le monde de charmes qui se dévoila aux regards enchantés
de mon héros quand il fit son entrée dans le salon
d'apparat du seigneur Van Tassel. Non ceux des robustes
filles de fermiers, avec leur appétissant étalage de rouge
et de blanc, mais les charmes solides d'une vraie table de
thé hollandaise à la campagne, pendant la riche saison
d'automne. Une étourdissante accumulation d'immenses
plats remplis de gâteaux d'espèces diverses et presque
impossibles à décrire, connues seulement des ménagères
hollandaises expérimentées. On y voyait le pesant gâteau
de noisettes, le *oly koek*, plus délicat, et le *cruller*, qui casse
et qui s'émiette ; gâteaux sucrés et non sucrés, gâteaux
au gingembre et gâteaux au miel, et toute la famille des
gâteaux. Et puis c'étaient des tourtes aux pommes, et des
tourtes aux pêches, et des tourtes aux citrouilles, sans parler
de tranches de jambon et de bœuf fumé ; et puis encore
de délicieux plats de prunes, de pêches, de poires et de
coings en conserves ; pour ne rien dire des aloses grillées
et des poulets rôtis, ainsi que des jattes de lait et de crème,
le tout confondu pêle-mêle, à peu près comme je lés ai
énumérés, la théière maternelle placée au centre et de là
faisant monter ses nuages de vapeur. — Le ciel me vienne
en aide ! je manque d'haleine et de temps pour étudier
ce banquet comme il le mérite, et suis bien trop pressé
de continuer mon histoire. Heureusement Ichabod Crane
n'était pas dans un aussi grand embarras que son historien,
et il rendit amplement justice à toutes ces friandises.

He was a kind and thankful creature, whose heart dilated in proportion as his skin was filled with good cheer, and whose spirits rose with eating, as some men's do with drink. He could not help, too, rolling his large eyes round him as he ate, and chuckling with the possibility that he might one day be lord of all this scene of almost unimaginable luxury and splendor. Then, he thought, how soon he'd turn his back upon the old schoolhouse; snap his fingers in the face of Hans Van Ripper, and every other niggardly patron, and kick any itinerant pedagogue out of doors that should dare to call him comrade!

Old Baltus Van Tassel moved about among his guests with a face dilated with content and good humor, round and jolly as the harvest moon. His hospitable attentions were brief, but expressive, being confined to a shake of the hand, a slap on the shoulder, a loud laugh, and a pressing invitation to "fall to, and help themselves."

And now the sound of the music from the common room, or hall, summoned to the dance. The musician was an old gray-headed negro, who had been the itinerant orchestra of the neighborhood for more than half a century. His instrument was as old and battered as himself. The greater part of the time he scraped on two or three strings, accompanying every movement of the bow with a motion of the head; bowing almost to the ground, and stamping with his foot whenever a fresh couple were to start.

C'était une bonne et reconnaissante créature, dont le cœur se dilatait à mesure que sa peau se gonflait sous la bonne chère, et dont la nourriture éveillait les esprits comme fait la boisson pour certains hommes. Il ne pouvait d'ailleurs s'empêcher de rouler en mangeant ses gros yeux autour de lui, et de se bercer de la possibilité qu'il pourrait un jour être possesseur de toute cette scène de richesse et de splendeur presque inimaginables. Alors, pensait-il, comme il aurait bientôt fait de montrer les épaules à la vieille école, de faire claquer ses doigts sous le nez de Hans Van Ripper et de tout autre avare Mécène, et de chasser à grands coups de pied de chez lui tout pédagogue ambulant qui aurait l'audace de le traiter de camarade.

Le vieux Baltus Van Tassel circulait au milieu de ses hôtes, le visage dilaté par le contentement et la bonne humeur, rond et souriant comme la pleine lune. Ses attentions hospitalières étaient courtes, mais expressives, se bornant à une poignée de main, une tape sur l'épaule, un bruyant éclat de rire, et l'invitation pressante : « Tombez sur les plats, et qu'on se serve. »

Bientôt le son de la musique, partant de la pièce commune, ou grande salle, vint donner le signal de la danse. Les musiciens se composaient d'un vieux nègre à tête grise qui avait été l'orchestre ambulant du voisinage pendant plus d'un demi-siècle. Son instrument était aussi vieux, aussi délabré que lui. La plupart du temps il raclait sur deux ou trois cordes, accompagnant d'un mouvement de tête chaque mouvement de l'archet ; s'inclinant presque jusqu'à terre et frappant du pied toutes les fois qu'un nouveau couple allait partir.

Ichabod prided himself upon his dancing as much as upon his vocal powers. Not a limb, not a fibre about him was idle; and to have seen his loosely hung frame in full motion, and clattering about the room, you would have thought St. Vitus himself, that blessed patron of the dance, was figuring before you in person. He was the admiration of all the negroes; who, having gathered, of all ages and sizes, from the farm and the neighborhood, stood forming a pyramid of shining black faces at every door and window, gazing with delight at the scene, rolling their white eyeballs, and showing grinning rows of ivory from ear to ear. How could the flogger of urchins be otherwise than animated and joyous? The lady of his heart was his partner in the dance, and smiling graciously in reply to all his amorous oglings; while Brom Bones, sorely smitten with love and jealousy, sat brooding by himself in one corner.

When the dance was at an end, Ichabod was attracted to a knot of the sager folks, who, with Old Van Tassel, sat smoking at one end of the piazza, gossiping over former times, and drawing out long stories about the war.

This neighborhood, at the time of which I am speaking, was one of those highly favored places which abound with chronicle and great men. The British and American line had run near it during the war; it had, therefore, been the scene of marauding and infested with refugees, cowboys, and all kinds of border chivalry.

Ichabod se piquait autant de son talent pour la danse que de ses facultés vocales. Ce jour-là il n'y eut pas un membre, pas une fibre en lui qui restassent inoccupés ; et si vous aviez vu sa charpente indécise en pleine activité, trépignant au travers de la chambre, vous auriez cru que saint Vitus lui-même, ce bienheureux patron de la danse, figurait en personne devant vous. Il faisait l'admiration de tous les nègres, qui, s'étant rassemblés, de tous âges et de toutes grandeurs, de la ferme et du voisinage, se tenaient debout, formant une pyramide de faces noires reluisantes à chaque porte et à chaque fenêtre, contemplant cette scène avec ravissement, roulant leurs blanches prunelles, et montrant de grimaçantes rangées de palettes d'ivoire qui allaient d'une oreille à l'autre. Comment le fouetteur de bambins pouvait-il n'être pas joyeux et animé ! La dame de ses pensées dansait avec lui et souriait gracieusement en réponse à toutes ses œillades amoureuses, tandis que Brom Bones, douloureusement travaillé par l'amour et la jalousie, était à méditer tout seul dans un coin.

La danse achevée, Ichabod fut attiré vers un groupe de gens plus posés, qui, avec le vieux Van Tassel, étaient assis fumant à un bout du portique, faisant des commérages au sujet du vieux temps et débitant lourdement d'interminables histoires à propos de la guerre.

Cette petite province, à l'époque dont je parle, était une de ces localités hautement favorisées qui abondent en chroniques et en grands hommes. Les troupes anglaises et américaines l'avaient côtoyée pendant la guerre ; elle avait, par conséquent, été le théâtre de maraudages, infestée de réfugiés, de Vachers, et de toute espèce de chevalerie des frontières.

Just sufficient time had elapsed to enable each storytel-
ler to dress up his tale with a little becoming fiction, and,
in the indistinctness of his recollection, to make himself
the hero of every exploit.

There was the story of Doffue Martling, a large blue-
bearded Dutchman, who had nearly taken a British frigate
with an old iron nine-pounder from a mud breastwork,
only that his gun burst at the sixth discharge. And there
was an old gentleman who shall be nameless, being too
rich a mynheer to be lightly mentioned, who, in the battle
of White Plains, being an excellent master of defence,
parried a musket-ball with a small sword, insomuch that
he absolutely felt it whiz round the blade, and glance off
at the hilt; in proof of which he was ready at any time to
show the sword, with the hilt a little bent. There were
several more that had been equally great in the field, not
one of whom but was persuaded that he had a considerable
hand in bringing the war to a happy termination.

But all these were nothing to the tales of ghosts and
apparitions that succeeded. The neighborhood is rich
in legendary treasures of the kind. Local tales and
superstitions thrive best in these sheltered, long-settled
retreats; but are trampled under foot by the shifting
throng that forms the population of most of our country
places. Besides, there is no encouragement for ghosts in
most of our villages, for they have scarcely had time to
finish their first nap and turn themselves in their graves,

Il s'était écoulé juste assez de temps pour permettre à tous les conteurs d'histoires d'orner leur récit d'une gentille petite fiction, et, dans la confusion de leurs souvenirs, de se faire les héros de tous les exploits.

C'était l'histoire de Doffue Martling, un Hollandais colossal à barbe bleue, qui aurait pris une frégate anglaise avec un vieux canon de neuf en fer, d'un parapet en terre, si son canon n'avait pas éclaté à la sixième décharge ; et puis un vieux gentleman que je ne nommerai pas, vu que c'est un *Mynherr* beaucoup trop riche pour qu'on en parle légèrement, qui, à la bataille de Whiteplains, c'était un excellent maître d'armes, avait paré une balle de mousquet avec une petite épée, de telle sorte qu'il l'avait positivement entendue siffler autour de la lame et sortir par la poignée : en preuve de quoi il était à toute heure prêt à montrer l'épée, dont la poignée était un peu tordue. Il y en avait encore plusieurs qui s'étaient également distingués sur le champ de bataille, dont il n'était pas un seul qui ne fût persuadé qu'il avait considérablement contribué à mener la guerre à bonne fin.

Mais tout cela n'était rien en comparaison des histoires de revenants et d'apparitions qui suivirent. Le voisinage est riche en trésors légendaires de cette nature. Les contes et superstitions locaux s'épanouissent au mieux dans ces retraites bien closes où régna toujours le silence, mais sont foulés aux pieds par l'élément changeant qui forme la population de la plupart de nos campagnes. Et puis, il n'y a pas d'encouragement pour les fantômes dans la plupart de nos villages, car ils ont à peine eu le temps de dormir leur premier somme et de se retourner dans leurs cercueils,

before their surviving friends have travelled away from the neighborhood; so that when they turn out at night to walk their rounds, they have no acquaintance left to call upon. This is perhaps the reason why we so seldom hear of ghosts except in our long-established Dutch communities.

The immediate cause, however, of the prevalence of supernatural stories in these parts, was doubtless owing to the vicinity of Sleepy Hollow. There was a contagion in the very air that blew from that haunted region; it breathed forth an atmosphere of dreams and fancies infecting all the land. Several of the Sleepy Hollow people were present at Van Tassel's, and, as usual, were doling out their wild and wonderful legends. Many dismal tales were told about funeral trains, and mourning cries and wailings heard and seen about the great tree where the unfortunate Major André was taken, and which stood in the neighborhood. Some mention was made also of the woman in white, that haunted the dark glen at Raven Rock, and was often heard to shriek on winter nights before a storm, having perished there in the snow. The chief part of the stories, however, turned upon the favorite spectre of Sleepy Hollow, the Headless Horseman, who had been heard several times of late, patrolling the country; and, it was said, tethered his horse nightly among the graves in the churchyard.

que déjà les amis qui leur ont survécu se sont éloignés du voisinage ; de sorte que quand ils s'échappent la nuit pour faire leur ronde, ils ne trouvent personne de connaissance à qui s'adresser. Voilà peut-être ce qui fait que nous n'entendons guère parler de fantômes que dans nos vieilles communautés hollandaises.

La cause immédiate, cependant, de la prédominance des histoires surnaturelles dans ces parages tenait sans doute à la proximité du Vallon endormi. L'air même qui soufflait dé cette région enchantée vous était fatal ; il respirait une atmosphère de songes et d'imaginations qui infectait toute la contrée. Plusieurs des habitants du Vallon endormi se trouvaient à la réunion chez Van Tassel, et, comme d'habitude, narraient leurs bizarres et merveilleuses légendes. Mainte effrayante histoire fut racontée sur les cortèges funèbres, cris et lamentations de deuil, vus et entendus près du grand arbre où l'infortuné major André fut saisi, lequel se trouvait dans le voisinage. Il fut fait aussi mention de la femme vêtue de blanc qui hantait la sombre vallée de Raven Rock, et qu'avant l'orage on entendait souvent pousser des cris inarticulés pendant les nuits d'hiver, ayant péri là dans la neige. Toutefois, la plus grande partie de ces histoires roula sur le spectre favori du Vallon endormi, le cavalier sans tête, que l'on avait, dernièrement encore, plusieurs fois entendu battant le pays, et qui, disait-on, attachait la nuit son cheval au milieu des tombes dans le cimetière.

The sequestered situation of this church seems always to have made it a favorite haunt of troubled spirits. It stands on a knoll, surrounded by locust-trees and lofty elms, from among which its decent, whitewashed walls shine modestly forth, like Christian purity beaming through the shades of retirement. A gentle slope descends from it to a silver sheet of water, bordered by high trees, between which, peeps may be caught at the blue hills of the Hudson. To look upon its grass-grown yard, where the sunbeams seem to sleep so quietly, one would think that there at least the dead might rest in peace. On one side of the church extends a wide woody dell, along which raves a large brook among broken rocks and trunks of fallen trees. Over a deep black part of the stream, not far from the church, was formerly thrown a wooden bridge; the road that led to it, and the bridge itself, were thickly shaded by overhanging trees, which cast a gloom about it, even in the daytime; but occasioned a fearful darkness at night. Such was one of the favorite haunts of the Headless Horseman, and the place where he was most frequently encountered. The tale was told of old Brouwer, a most heretical disbeliever in ghosts, how he met the Horseman returning from his foray into Sleepy Hollow, and was obliged to get up behind him; how they galloped over bush and brake, over hill and swamp, until they reached the bridge; when the Horseman suddenly turned into a skeleton, threw old Brouwer into the brook, and sprang away over the tree-tops with a clap of thunder.

La position isolée de cette église semble en avoir fait de tout temps la retraite favorite des esprits inquiets. Elle est assise sur un monticule, et entourée de courbarils et d'ormes élevés, du milieu desquels ses murailles décentes, blanchies à la chaux, brillent d'un modeste éclat, comme la pureté chrétienne perçant à travers les ombres de la solitude. Une pente douce conduit de là vers une nappe d'eau argentée, bordée de grands arbres entre lesquels on peut découvrir par échappées les collines bleues de l'Hudson. À voir le cimetière, que l'herbe a envahi, où les rayons de soleil semblent dormir si profondément, on penserait que là au moins les morts peuvent reposer en paix. D'un côté de l'église s'étend un grand vallon boisé, le long duquel un large ruisseau court en mugissant parmi des rocs brisés et des troncs d'arbres abattus. Sur une partie du ruisseau, d'un noir foncé, non loin de l'église, était anciennement jeté un pont de bois ; la route qui y menait et le pont lui-même étaient couverts d'ombres épaisses par des arbres qui surplombaient et qui lui donnaient un aspect lugubre, même en plein jour, mais produisaient la nuit une effrayante obscurité : c'était une des retraites favorites du cavalier sans tête, l'endroit où on le rencontrait le plus fréquemment. Fut racontée l'histoire du vieux Brouwer, très hérétique incrédule en fait d'apparitions ; comme quoi il trouva le cavalier revenant de son excursion dans le Vallon endormi, et fut obligé de monter en croupe derrière lui ; comme quoi ils franchirent, au galop buissons et broussailles, collines et marais, jusqu'à ce qu'ils atteignissent le pont ; quand le cavalier se changea soudain en squelette, jeta dans le ruisseau le vieux Brouwer, et d'un bond s'élança sur les cimes des arbres, dans un coup de tonnerre.

This story was immediately matched by a thrice marvellous adventure of Brom Bones, who made light of the Galloping Hessian as an arrant jockey. He affirmed that on returning one night from the neighboring village of Sing Sing, he had been overtaken by this midnight trooper; that he had offered to race with him for a bowl of punch, and should have won it too, for Daredevil beat the goblin horse all hollow, but just as they came to the church bridge, the Hessian bolted, and vanished in a flash of fire.

All these tales, told in that drowsy undertone with which men talk in the dark, the countenances of the listeners only now and then receiving a casual gleam from the glare of a pipe, sank deep in the mind of Ichabod. He repaid them in kind with large extracts from his invaluable author, Cotton Mather, and added many marvellous events that had taken place in his native State of Connecticut, and fearful sights which he had seen in his nightly walks about Sleepy Hollow.

The revel now gradually broke up. The old farmers gathered together their families in their wagons, and were heard for some time rattling along the hollow roads, and over the distant hills. Some of the damsels mounted on pillions behind their favorite swains, and their light-hearted laughter, mingling with the clatter of hoofs, echoed along the silent woodlands, sounding fainter and fainter, until they gradually died away,

Cette histoire trouva sur-le-champ son égale dans la trois fois merveilleuse aventure de Brom Bones, qui traita dédaigneusement le Hessois galopant d'écuyer manqué. Il affirma que, revenant une nuit de Sing-Sing, village voisin, il avait été rattrapé par ce cavalier de minuit ; qu'il lui avait proposé de courir avec lui pour un bol de punch, et aurait bien certainement gagné, car Daredevil battait le cheval-fantôme à plate-couture, si, juste au moment où ils arrivaient au pont de l'église, le Hessois n'avait bondi comme une flèche et disparu dans un sillon de feu.

Tous ces contes, faits de ce ton assoupi, mystérieux, avec lequel on s'entretient dans l'ombre, les figures des auditeurs, qui de loin en loin seulement empruntaient un passager éclat à la lueur éblouissante d'une pipe, pénétraient profondément dans l'esprit d'Ichabod. Il s'acquitta en nature, avec de copieux extraits de son inestimable auteur, Cotton Mather, et y ajouta maints événements merveilleux qui s'étaient passés dans l'État où il était né, le Connecticut, et les effrayantes apparitions qu'il avait vues dans ses courses nocturnes à travers le Vallon endormi.

La joyeuse réunion se dispersa peu à peu. Les vieux fermiers rassemblèrent leurs familles dans leurs chariots, que pendant quelque temps on entendit s'engager avec fracas dans les chemins creux et remonter les collines lointaines. Quelques-unes des jeunes paysannes se juchèrent sur des coussinets derrière leurs bergers favoris, et leurs joyeux éclats de rire, mêlés au bruit des sabots de cheval, se répétèrent le long des bois silencieux, s'affaiblissant de plus en plus, jusqu'à ce qu'ils s'éteignissent graduellement dans le lointain,

—and the late scene of noise and frolic was all silent and deserted. Ichabod only lingered behind, according to the custom of country lovers, to have a tête-à-tête with the heiress; fully convinced that he was now on the high road to success. What passed at this interview I will not pretend to say, for in fact I do not know. Something, however, I fear me, must have gone wrong, for he certainly sallied forth, after no very great interval, with an air quite desolate and chapfallen. Oh, these women! these women! Could that girl have been playing off any of her coquettish tricks? Was her encouragement of the poor pedagogue all a mere sham to secure her conquest of his rival? Heaven only knows, not I! Let it suffice to say, Ichabod stole forth with the air of one who had been sacking a henroost, rather than a fair lady's heart. Without looking to the right or left to notice the scene of rural wealth, on which he had so often gloated, he went straight to the stable, and with several hearty cuffs and kicks roused his steed most uncourteously from the comfortable quarters in which he was soundly sleeping, dreaming of mountains of corn and oats, and whole valleys of timothy and clover.

It was the very witching time of night that Ichabod, heavy-hearted and crestfallen, pursued his travels homewards, along the sides of the lofty hills which rise above Tarry Town, and which he had traversed so cheerily in the afternoon.

— et cette scène récente de tapage et de folie ne fut plus que silence et abandon. Ichabod seul resta derrière, suivant la coutume des amoureux de campagne, pour avoir un tête-à-tête avec l'héritière, pleinement convaincu qu'il était maintenant sur la grande route du succès. Que se passa-t-il à cette entrevue, c'est ce que je n'ai pas la prétention de dire, car la vérité est que je n'en sais rien. Cependant il faut, j'en ai peur, que les choses aient bien mal tourné, car à coup sûr il sortit rapide, pas très longtemps après, d'un air complètement désolé, l'oreille basse. — Oh ! ces femmes ! ces femmes ! Cette jeune fille n'avait-elle donc fait que jouer un de ses tours de coquette ? — Les encouragements qu'elle avait donnés au pauvre pédagogue n'étaient-ils simplement qu'une ruse pour assurer la conquête de son rival ? Dieu seul le sait, pas moi ! — Qu'il me suffise de dire qu'Ichabod s'échappa sans bruit, de l'air d'un homme qui avait mis à sac un poulailler plutôt que le cœur d'une jolie fille. Sans regarder à droite ou à gauche pour observer la scène d'opulence rustique qu'il avait si souvent couvés des yeux, il s'en fut droit à l'étable, et, au moyen de plusieurs vigoureux coups de poing et coups de pied, tira fort discourtoisement son cheval des confortables quartiers où il s'était profondément endormi et rêvait montagnes de blé et d'avoine, vallées tout entières de sainfoin et de luzerne.

On touchait précisément à l'heure magique de la nuit quand Ichabod, lourd de cœur et la tête baissée, reprit le chemin du logis, le long des flancs des collines élevées qui dominent Tarry Town, et qu'il avait si gaiement traversées dans l'après-midi. La nature était aussi lugubre que lui.

The hour was as dismal as himself. Far below him the Tappan Zee spread its dusky and indistinct waste of waters, with here and there the tall mast of a sloop, riding quietly at anchor under the land. In the dead hush of midnight, he could even hear the barking of the watchdog from the opposite shore of the Hudson; but it was so vague and faint as only to give an idea of his distance from this faithful companion of man. Now and then, too, the long-drawn crowing of a cock, accidentally awakened, would sound far, far off, from some farmhouse away among the hills — but it was like a dreaming sound in his ear. No signs of life occurred near him, but occasionally the melancholy chirp of a cricket, or perhaps the guttural twang of a bullfrog from a neighboring marsh, as if sleeping uncomfortably and turning suddenly in his bed.

All the stories of ghosts and goblins that he had heard in the afternoon now came crowding upon his recollection. The night grew darker and darker; the stars seemed to sink deeper in the sky, and driving clouds occasionally hid them from his sight. He had never felt so lonely and dismal. He was, moreover, approaching the very place where many of the scenes of the ghost stories had been laid. In the centre of the road stood an enormous tulip-tree, which towered like a giant above all the other trees of the neighborhood, and formed a kind of landmark. Its limbs were gnarled and fantastic, large enough to form trunks for ordinary trees, twisting down almost to the earth, and rising again into the air.

À ses pieds, tout au fond, le Tappan Zee étendait sa sombre et indistincte masse d'eau, où se voyait çà et là le mât élancé d'un sloop à l'ancre sous la côte. Au milieu du silence de mort de minuit, il pouvait même entendre l'aboiement du chien de garde veillant sur la rive opposée de l'Hudson ; mais il était si vague, si faible, qu'il lui donnait seulement l'idée de son éloignement de ce fidèle compagnon de l'homme. De temps à autre, aussi, le coquerico longtemps suspendu d'un coq éveillé par erreur s'échappait au loin, bien au loin, de quelque métairie perdue entre les collines, — mais à son oreille c'était comme un bruit rêvé. Aucun signe de vie n'apparaissait aux environs, si ce n'est parfois le mélancolique gazouillement d'un grillon, ou bien encore le cri perçant et guttural d'une grenouille, parti d'un marais voisin, comme si elle eût mal dormi et se fût retournée tout à coup dans son lit.

Toutes les histoires de fantômes et de lutins qu'il avait entendues dans la soirée lui revinrent alors en foule à l'esprit. La nuit se faisait de plus en plus noire ; les étoiles semblaient plonger plus avant dans le ciel, et des nuages chassés par le vent les dérobaient parfois à sa vue. Il ne s'était jamais senti si lugubrement isolé, et puis il approchait de l'endroit même où l'on avait placé la scène de mainte histoire de revenant. Au milieu de la route se dressait un énorme tulipier qui, semblable à un géant, s'élevait au-dessus de tous les autres arbres du voisinage et formait une sorte de point de repère. Ses branches étaient pleines de nœuds et fantastiques, assez grosses pour servir de troncs à des arbres ordinaires, et leurs ramifications descendaient presque jusqu'à terre pour s'élancer de nouveau dans l'air.

It was connected with the tragical story of the unfortunate André, who had been taken prisoner hard by; and was universally known by the name of Major André's tree. The common people regarded it with a mixture of respect and superstition, partly out of sympathy for the fate of its ill-starred namesake, and partly from the tales of strange sights, and doleful lamentations, told concerning it.

As Ichabod approached this fearful tree, he began to whistle; he thought his whistle was answered; it was but a blast sweeping sharply through the dry branches. As he approached a little nearer, he thought he saw something white, hanging in the midst of the tree: he paused and ceased whistling but, on looking more narrowly, perceived that it was a place where the tree had been scathed by lightning, and the white wood laid bare. Suddenly he heard a groan—his teeth chattered, and his knees smote against the saddle: it was but the rubbing of one huge bough upon another, as they were swayed about by the breeze. He passed the tree in safety, but new perils lay before him.

About two hundred yards from the tree, a small brook crossed the road, and ran into a marshy and thickly-wooded glen, known by the name of Wiley's Swamp. A few rough logs, laid side by side, served for a bridge over this stream. On that side of the road where the brook entered the wood, a group of oaks and chestnuts, matted thick with wild grape-vines,

Il se rattachait à la tragique histoire du malheureux André, qui avait été fait prisonnier tout près de là. Le vulgaire le regardait avec un mélange de respect et de superstition, tant par sympathie pour le sort de celui dont la mauvaise étoile lui avait fait porter le nom, qu'à cause des récits d'apparitions étranges et de funèbres lamentations que l'on faisait à son sujet.

Comme Ichabod approchait de cet arbre sinistre, il se mit à siffler ; il s'imagina qu'on répondait à son sifflement : ce n'était qu'une rafale qui passait furieuse, balayant les branches sèches. Quand il fut un peu plus près, il crut voir quelque chose de blanc se balancer au milieu de l'arbre : — il fit une pause et cessa de siffler, mais en regardant plus attentivement il découvrit que c'était un endroit où l'arbre avait été touché par la foudre, et où la partie blanche du bois restait à découvert. Tout à coup il entendit un gémissement, — ses dents claquèrent et ses genoux choquèrent contre la selle ; ce n'était que le frottement d'une grosse branche contre une autre, tourmentées qu'elles étaient par le vent. Il dépassa l'arbre sans encombre, mais de nouveaux périls l'attendaient.

À deux cents yards de l'arbre environ, un petit ruisseau traversait la route et plongeait dans un vallon marécageux, à l'épais ombrage, connu sous le nom de marais de Wiley. Quelques blocs informes placés côte à côte servaient de pont pour franchir ce courant. Du côté de la route où le ruisseau entrait dans le bois, un massif de chênes et de châtaigniers, entrelacés d'un épais tissu de ceps de vigne sauvage,

threw a cavernous gloom over it. To pass this bridge was the severest trial. It was at this identical spot that the unfortunate André was captured, and under the covert of those chestnuts and vines were the sturdy yeomen concealed who surprised him. This has ever since been considered a haunted stream, and fearful are the feelings of the schoolboy who has to pass it alone after dark.

As he approached the stream, his heart began to thump; he summoned up, however, all his resolution, gave his horse half a score of kicks in the ribs, and attempted to dash briskly across the bridge; but instead of starting forward, the perverse old animal made a lateral movement, and ran broadside against the fence. Ichabod, whose fears increased with the delay, jerked the reins on the other side, and kicked lustily with the contrary foot: it was all in vain; his steed started, it is true, but it was only to plunge to the opposite side of the road into a thicket of brambles and alder bushes. The schoolmaster now bestowed both whip and heel upon the starveling ribs of old Gunpowder, who dashed forward, snuffling and snorting, but came to a stand just by the bridge, with a suddenness that had nearly sent his rider sprawling over his head. Just at this moment a plashy tramp by the side of the bridge caught the sensitive ear of Ichabod. In the dark shadow of the grove, on the margin of the brook, he beheld something huge, misshapen and towering. It stirred not, but seemed gathered up in the gloom, like some gigantic monster ready to spring upon the traveller.

y répandait une caverneuse obscurité. Passer ce pont constituait la plus rude épreuve. C'était précisément à cette place que le malheureux André avait été arrêté ; c'était sous le couvert de ces châtaigniers et de ces ceps de vigne qu'étaient cachés les farouches soldats qui le surprirent. Ce courant a toujours depuis été considéré comme un endroit où il revenait, et ce sont des sentiments de terreur que ceux de l'écolier qui doit y passer seul une fois la nuit venue.

Comme il approchait du ruisseau, son cœur commença à battre ; il fit appel, cependant, à toute sa résolution, donna à son cheval une demi-douzaine de coups de pied dans les côtes, et essaya de s'élancer bravement sur le pont ; mais au lieu de charger, le vieil animal pervers fit un mouvement latéral et courut obliquement sur la palissade. Ichabod, dont ce retard augmentait les craintes, tira les rênes de l'autre côté et lui allongea de vigoureux coups avec le pied contraire : ce fut en vain. Son coursier partit, il est vrai, mais ce fut seulement pour plonger dans la partie opposée de la route, au milieu d'un hallier d'aunes et de broussailles. Le malheureux maître d'école y alla lors en même temps du fouet et des talons sur les côtes décharnées du vieux Gunpowder, qui bondit en avant, reniflant et soufflant, mais vint s'arrêter tout court juste auprès du pont, et si brusquement qu'il faillit envoyer son cavalier s'étendre tout de son long par-dessus sa tête. En ce moment même un bruit de pas s'enfonçant dans la bourbe du côté du pont frappa l'oreille tendue d'Ichabod. Il vit quelque chose de colossal, d'informe, de noir et d'imposant, dans l'ombre épaisse du massif sur le bord du ruisseau. Cela ne bougeait pas, mais semblait ramassé dans l'obscurité comme un monstre gigantesque prêt à s'élancer sur le voyageur.

The hair of the affrighted pedagogue rose upon his head with terror. What was to be done? To turn and fly was now too late; and besides, what chance was there of escaping ghost or goblin, if such it was, which could ride upon the wings of the wind? Summoning up, therefore, a show of courage, he demanded in stammering accents, "Who are you?" He received no reply. He repeated his demand in a still more agitated voice. Still there was no answer. Once more he cudgelled the sides of the inflexible Gunpowder, and, shutting his eyes, broke forth with involuntary fervor into a psalm tune. Just then the shadowy object of alarm put itself in motion, and with a scramble and a bound stood at once in the middle of the road. Though the night was dark and dismal, yet the form of the unknown might now in some degree be ascertained. He appeared to be a horseman of large dimensions, and mounted on a black horse of powerful frame. He made no offer of molestation or sociability, but kept aloof on one side of the road, jogging along on the blind side of old Gunpowder, who had now got over his fright and waywardness.

Ichabod, who had no relish for this strange midnight companion, and bethought himself of the adventure of Brom Bones with the Galloping Hessian, now quickened his steed in hopes of leaving him behind. The stranger, however, quickened his horse to an equal pace. Ichabod pulled up, and fell into a walk, thinking to lag behind, —the other did the same. His heart began to sink within him;

Les cheveux du pédagogue épouvanté se dressèrent de terreur sur sa tête. Que faire ? tourner bride et s'enfuir ? il était maintenant trop tard ; et puis, quelle chance avait-il d'échapper à un fantôme ou à un lutin, si tel il était, qui pouvait chevaucher sur les ailes du vent ? Appelant donc à son aide un semblant de courage, il demanda d'une voie tremblotante : — « Qui êtes-vous ? » Il ne reçut aucune réponse. Il réitéra sa demande d'une voix encore plus agitée. Cette fois encore il n'obtint pas de réponse. Une fois de plus il laboura les flancs de l'inflexible Gunpowder, et, fermant les yeux, entonna un air de psaume avec une ferveur involontaire. Au même instant l'objet indécis de ses alarmes se mit en mouvement, et d'un effort, d'un bond, se planta tout à coup au milieu de la route. Bien que la nuit fût noire et lugubre, cependant on pouvait maintenant jusqu'à un certain point discerner la forme de l'inconnu. Il se trouva que c'était un cavalier de large carrure, monté sur un cheval noir à vigoureuse charpente. Il ne donnait aucun signe d'hostilité ni de sympathie, mais se tenait à l'écart sur le bord de la route et se mouvait lentement sous l'œil éteint du vieux Gunpowder, qui avait enfin surmonté sa frayeur et son obstination.

Ichabod, qui ne se sentait aucun goût pour cet étrange compagnon de minuit et se souvenait de l'aventure de Brom Bones avec le Hessois galopant, stimula son coursier, dans l'espoir qu'il le laisserait derrière lui. Mais l'étranger fit prendre la même allure à son cheval. Ichabod ramena le sien et ne marcha plus qu'au pas, croyant bien qu'il serait dépassé : — l'autre fit de même. Alors le cœur commença à lui manquer ;

he endeavored to resume his psalm tune, but his parched tongue clove to the roof of his mouth, and he could not utter a stave. There was something in the moody and dogged silence of this pertinacious companion that was mysterious and appalling. It was soon fearfully accounted for. On mounting a rising ground, which brought the figure of his fellow-traveller in relief against the sky, gigantic in height, and muffled in a cloak, Ichabod was horror-struck on perceiving that he was headless! — but his horror was still more increased on observing that the head, which should have rested on his shoulders, was carried before him on the pommel of his saddle! His terror rose to desperation; he rained a shower of kicks and blows upon Gunpowder, hoping by a sudden movement to give his companion the slip; but the spectre started full jump with him. Away, then, they dashed through thick and thin; stones flying and sparks flashing at every bound. Ichabod's flimsy garments fluttered in the air, as he stretched his long lank body away over his horse's head, in the eagerness of his flight.

They had now reached the road which turns off to Sleepy Hollow; but Gunpowder, who seemed possessed with a demon, instead of keeping up it, made an opposite turn, and plunged headlong downhill to the left. This road leads through a sandy hollow shaded by trees for about a quarter of a mile, where it crosses the bridge famous in goblin story; and just beyond swells the green knoll on which stands the whitewashed church.

il s'efforça de reprendre son air de psaume, mais sa langue desséchée s'attacha au palais et il ne put seulement achever une portée. Il y avait quelque chose de mystérieux et de glaçant dans le silence bizarre et chagrin de cet obstiné compagnon. Ce silence eut bientôt son effrayante explication. En gravissant un monticule qui faisait se détacher vigoureusement sur le ciel la forme de son compagnon de route, d'une taille gigantesque, et enveloppée dans un manteau, Ichabod fut saisi d'horreur en découvrant qu'il n'avait pas de tête ! — Mais son horreur s'accrut encore davantage en observant que cette tête, qui aurait dû reposer sur ses épaules, il la portait devant lui sur le pommeau de la selle ; alors sa terreur devint du désespoir ; il fit pleuvoir une grêle de coups de pied et de horions sur Gunpowder, espérant, par un mouvement soudain, échapper à son compagnon : — mais le spectre partit du même élan que lui. Ils se précipitèrent alors en avant, sans s'inquiéter de rien, les pierres volant et les étincelles jaillissant à chaque bond. Les légers vêtements d'Ichabod flottaient au vent pendant qu'il projetait au-dessus de la tête de son cheval, dans l'ardeur de sa fuite, son grand corps efflanqué.

Ils avaient alors atteint la route qui mène au Vallon endormi ; mais Gunpowder, qui semblait possédé par un démon, au lieu de continuer à s'y maintenir, tourna bride et, descendant la colline, plongea tête baissée vers la gauche. Ce chemin conduit à travers un vallon sablonneux ombragé par des arbres pendant un quart de mille environ ; c'est en cet endroit que se trouve le pont fameux dans l'histoire du fantôme, et précisément au delà se gonfle le tertre vert sur lequel est assise l'église aux murs blanchis à la chaux.

As yet the panic of the steed had given his unskilful rider an apparent advantage in the chase, but just as he had got half way through the hollow, the girths of the saddle gave way, and he felt it slipping from under him. He seized it by the pommel, and endeavored to hold it firm, but in vain; and had just time to save himself by clasping old Gunpowder round the neck, when the saddle fell to the earth, and he heard it trampled under foot by his pursuer. For a moment the terror of Hans Van Ripper's wrath passed across his mind, —for it was his Sunday saddle; but this was no time for petty fears; the goblin was hard on his haunches; and (unskilful rider that he was!) he had much ado to maintain his seat; sometimes slipping on one side, sometimes on another, and sometimes jolted on the high ridge of his horse's backbone, with a violence that he verily feared would cleave him asunder.

An opening in the trees now cheered him with the hopes that the church bridge was at hand. The wavering reflection of a silver star in the bosom of the brook told him that he was not mistaken. He saw the walls of the church dimly glaring under the trees beyond. He recollected the place where Brom Bones's ghostly competitor had disappeared. "If I can but reach that bridge," thought Ichabod, "I am safe." Just then he heard the black steed panting and blowing close behind him; he even fancied that he felt his hot breath. Another convulsive kick in the ribs, and old Gunpowder sprang upon the bridge;

Cependant la terreur panique qui s'était emparée de l'animal avait donné dans la poursuite un avantage évident à son triste cavalier, quand, juste comme il avait à demi traversé le vallon, les sangles de la selle cédèrent, et qu'il la sentit s'échapper, glisser sous lui. Il la saisit par le pommeau, et s'efforça de la tenir ferme, mais en vain ; il n'eut que le temps de se préserver d'une chute en jetant ses bras autour du cou du vieux Gunpowder, car une seconde après la selle tombait à terre et il entendait son persécuteur la fouler aux pieds. Un instant la terreur que lui inspirait le courroux de Hans Van Ripper traversa son esprit, — car c'était sa selle des dimanches ; mais ce n'était pas le moment des craintes légères ; le fantôme était là, sur son dos, et (le maladroit cavalier qu'il était !) il avait beaucoup à faire de se maintenir en place ; glissant parfois d'un côté, parfois d'un autre, et quelquefois cahoté sur l'arête élevée de l'épine dorsale de son coursier, avec une violence qui menaçait, il ne craignait que trop de le séparer en deux.

Une éclaircie au milieu des arbres vint le ranimer et lui faire concevoir l'espérance que le pont de l'église était proche. La vacillante réflexion dans le sein du ruisseau d'une étoile au front d'argent lui prouva qu'il ne se trompait point. Il voyait les murs de l'église jeter de ténébreuses lueurs sous les arbres qui l'abritent. Il reconnut l'endroit où le fantôme rival de Brom Bones avait disparu. « Si je puis seulement atteindre le pont, se dit Ichabod, je suis sauvé. » Au même moment il entendit le noir coursier qui haletait et soufflait tout derrière lui ; il s'imagina même sentir sa brûlante haleine. Un autre coup de pied convulsivement donné dans les côtes, et le vieux Gunpowder s'élança sur le pont ;

he thundered over the resounding planks; he gained the opposite side; and now Ichabod cast a look behind to see if his pursuer should vanish, according to rule, in a flash of fire and brimstone. Just then he saw the goblin rising in his stirrups, and in the very act of hurling his head at him. Ichabod endeavored to dodge the horrible missile, but too late. It encountered his cranium with a tremendous crash, — he was tumbled headlong into the dust, and Gunpowder, the black steed, and the goblin rider, passed by like a whirlwind.

The next morning the old horse was found without his saddle, and with the bridle under his feet, soberly cropping the grass at his master's gate. Ichabod did not make his appearance at breakfast; dinner-hour came, but no Ichabod. The boys assembled at the schoolhouse, and strolled idly about the banks of the brook; but no schoolmaster. Hans Van Ripper now began to feel some uneasiness about the fate of poor Ichabod, and his saddle. An inquiry was set on foot, and after diligent investigation they came upon his traces. In one part of the road leading to the church was found the saddle trampled in the dirt; the tracks of horses' hoofs deeply dented in the road, and evidently at furious speed, were traced to the bridge, beyond which, on the bank of a broad part of the brook, where the water ran deep and black, was found the hat of the unfortunate Ichabod, and close beside it a shattered pumpkin.

il passa comme la foudre sur les planches retentissantes, gagna le bord opposé, et alors Ichabod jeta un regard derrière lui pour voir si son persécuteur s'évanouirait, suivant la règle, dans un sillon de feu et de soufre. En ce moment même il vit le fantôme qui se dressait sur ses étriers, et qui précisément s'apprêtait à lui lancer sa tête. Ichabod essaya d'éviter l'effroyable projectile, mais trop tard. Elle rencontra son crâne avec un bruit épouvantable ; — il fut renversé tout de son long dans la poussière, et Gunpowder, le coursier noir et le Cavalier fantôme passèrent près de lui comme un tourbillon.

Le lendemain matin on trouva le vieux cheval, veuf de sa selle et la bride sous les pieds, qui, le plus gravement du monde, broutait l'herbe à la porte de son maître : Ichabod ne parut pas à déjeuner ; — l'heure du dîner arriva, pas d'Ichabod. Les enfants s'amassèrent devant l'école et vaguèrent paresseusement le long des bords du ruisseau ; pas de maître d'école. Hans Van Ripper commença lors à éprouver quelque inquiétude sur le sort du pauvre Ichabod et de sa selle. Une enquête fut ouverte, et après d'actives investigations on finit par tomber dans sa trace. Sur une partie de la route qui menait à l'église on trouva la selle, foulée aux pieds et couverte de boue ; des traces de sabots de chevaux profondément empreints sur le sol, qui dénotaient évidemment une course furieuse, furent suivies jusqu'au pont, au-delà duquel, sur un point du ruisseau où l'eau coulait noire et profonde, fut découvert le chapeau du malheureux Ichabod, et tout auprès une citrouille en éclats.

The brook was searched, but the body of the schoolmaster was not to be discovered. Hans Van Ripper as executor of his estate, examined the bundle which contained all his worldly effects. They consisted of two shirts and a half; two stocks for the neck; a pair or two of worsted stockings; an old pair of corduroy small-clothes; a rusty razor; a book of psalm tunes full of dog's-ears; and a broken pitch-pipe. As to the books and furniture of the schoolhouse, they belonged to the community, excepting Cotton Mather's "History of Witchcraft," a "New England Almanac," and a book of dreams and fortune-telling; in which last was a sheet of foolscap much scribbled and blotted in several fruitless attempts to make a copy of verses in honor of the heiress of Van Tassel. These magic books and the poetic scrawl were forthwith consigned to the flames by Hans Van Ripper; who, from that time forward, determined to send his children no more to school, observing that he never knew any good come of this same reading and writing. Whatever money the schoolmaster possessed, and he had received his quarter's pay but a day or two before, he must have had about his person at the time of his disappearance.

The mysterious event caused much speculation at the church on the following Sunday. Knots of gazers and gossips were collected in the churchyard, at the bridge, and at the spot where the hat and pumpkin had been found. The stories of Brouwer, of Bones, and a whole budget of others were called to mind;

On fouilla le ruisseau, mais le corps du maître d'école ne se retrouva pas. Hans Van Ripper, comme liquidateur de la succession de ce dernier, procéda à la visite du paquet, qui contenait toutes ses richesses en ce monde. Elles consistaient en deux chemises d'homme et demi, deux cols, une paire ou deux de bas de laine, une vieille paire de hauts-de-chausses en velours de coton à côtes, un rasoir rouillé, un livre d'airs de psaumes, plein de cornes, et un diapason brisé. Quant aux livres et à l'ameublement de l'école, ils appartenaient à la communauté, à l'exception de l'*Histoire de la Magie*, par Cotton Mather, d'un *Almanach de la Nouvelle-Angleterre*, et d'un livre traitant des songes et de la bonne aventure ; dans ce dernier se trouvait une feuille de papier pot très griffonnée, raturée, par suite de plusieurs infructueuses tentatives pour faire une pièce de vers en l'honneur de l'héritière de Van Tassel. Ces livres et le gribouillage poétique furent incontinent livrés aux flammes par Hans Van Ripper, lequel se promit bien de ne plus jamais envoyer de la vie ses enfants à l'école, faisant observer qu'il n'avait jamais rien vu sortir de bon de toutes ces satanées lecture et écriture. Ce que le maître d'école possédait d'argent, et il avait reçu sa paye du trimestre un jour ou deux seulement auparavant, il devait l'avoir eu sur lui au moment de sa disparition.

Ce mystérieux événement causa bien des distractions à l'église le dimanche suivant. Des groupes de curieux et de commères étaient réunis dans le cimetière, sur le pont, et à l'endroit où le chapeau et la citrouille avaient été trouvés. Les histoires de Brouwer, de Bones, et toute une kyrielle d'autres, revinrent en mémoire ;

and when they had diligently considered them all, and compared them with the symptoms of the present case, they shook their heads, and came to the conclusion that Ichabod had been carried off by the Galloping Hessian. As he was a bachelor, and in nobody's debt, nobody troubled his head any more about him; the school was removed to a different quarter of the hollow, and another pedagogue reigned in his stead.

It is true, an old farmer, who had been down to New York on a visit several years after, and from whom this account of the ghostly adventure was received, brought home the intelligence that Ichabod Crane was still alive; that he had left the neighborhood partly through fear of the goblin and Hans Van Ripper, and partly in mortification at having been suddenly dismissed by the heiress; that he had changed his quarters to a distant part of the country; had kept school and studied law at the same time; had been admitted to the bar; turned politician; electioneered; written for the newspapers; and finally had been made a justice of the Ten Pound Court. Brom Bones, too, who, shortly after his rival's disappearance conducted the blooming Katrina in triumph to the altar, was observed to look exceedingly knowing whenever the story of Ichabod was related, and always burst into a hearty laugh at the mention of the pumpkin; which led some to suspect that he knew more about the matter than he chose to tell.

et quand ils les eurent toutes soigneusement considérées et rapprochées des indices qui se rencontraient dans le cas actuel, ils secouèrent la tête et finirent par conclure qu'Ichabod avait été enlevé par le Hessois galopant. Comme il était garçon et ne devait rien à personne, personne ne se cassa davantage la tête à son sujet ; l'école fut transférée dans un quartier différent du vallon, et un autre pédagogue régna à sa place.

Un vieux fermier, il est vrai, qui était, dans une tournée, descendu jusqu'à New-York plusieurs années après, et de qui l'on tient le récit de cette fantastique aventure, rapporta au pays la nouvelle qu'Ichabod Crane était encore vivant, qu'il avait quitté le voisinage tant par crainte du fantôme et de Hans Van Ripper que par mortification d'avoir été lestement congédié par l'héritière ; qu'il avait établi ses quartiers dans une partie reculée de la contrée, avait tenu une école et étudié en même temps les lois, avait été admis dans le barreau, était devenu homme politique, avait travaillé les électeurs, écrit pour les journaux, et finalement avait été nommé juge de la cour des Dix Livres. Ou remarqua aussi que Brom Bones, qui peu de temps après la disparition de son rival conduisit en triomphe à l'autel la rougissante Katrina, semblait parfaitement renseigné toutes les fois qu'on racontait l'histoire d'Ichabod, et partait toujours d'un joyeux éclat de rire à la mention de la citrouille ; ce qui fit soupçonner à quelques-uns qu'il en savait plus long sur ce sujet qu'il ne lui convenait d'en dire.

The old country wives, however, who are the best judges of these matters, maintain to this day that Ichabod was spirited away by supernatural means; and it is a favorite story often told about the neighborhood round the winter evening fire. The bridge became more than ever an object of superstitious awe; and that may be the reason why the road has been altered of late years, so as to approach the church by the border of the millpond. The schoolhouse being deserted soon fell to decay, and was reported to be haunted by the ghost of the unfortunate pedagogue and the plowboy, loitering homeward of a still summer evening, has often fancied his voice at a distance, chanting a melancholy psalm tune among the tranquil solitudes of Sleepy Hollow.

Les vieilles ménagères, cependant, qui sont les meilleurs juges en ces matières, soutiennent encore aujourd'hui qu'Ichabod fut enlevé par des moyens surnaturels ; et c'est une histoire favorite, souvent racontée le soir dans le voisinage autour du feu d'hiver. Le pont devint plus que jamais un objet de crainte superstitieuse ; et c'est peut-être là le motif qui a fait, il y a quelques années, modifier la route à ce point qu'on arrive maintenant à l'église par le bord de l'étang. L'école, étant abandonnée, tomba bientôt en ruine ; on prétendit qu'elle était hantée par le fantôme de l'infortuné pédagogue ; et le laboureur, regagnant à pas lents son logis par une silencieuse nuit d'été, s'est imaginé souvent entendre sa voix dans le lointain ; chantant un air de psaume mélancolique parmi les tranquilles solitudes du Vallon endormi.

*Postscript
found in the handwriting of
Mr Knickerbocker*

The preceding tale is given almost in the precise words in which I heard it related at a Corporation meeting at the ancient city of Manhattoes, at which were present many of its sagest and most illustrious burghers. The narrator was a pleasant, shabby, gentlemanly old fellow, in pepper-and-salt clothes, with a sadly humourous face, and one whom I strongly suspected of being poor--he made such efforts to be entertaining. When his story was concluded, there was much laughter and approbation, particularly from two or three deputy aldermen, who had been asleep the greater part of the time. There was, however, one tall, dry-looking old gentleman, with beetling eyebrows, who maintained a grave and rather severe face throughout, now and then folding his arms, inclining his head, and looking down upon the floor, as if turning a doubt over in his mind. He was one of your wary men, who never laugh but upon good grounds--when they have reason and law on their side.

Post-scriptum
trouvé parmi les autographes de
M. Knickerbocker

Le récit qui précède est à-peu-près dans les mêmes termes que je l'ai entendu narrer à une séance de corporation de l'antique cité de Manhattoes[1], à laquelle assistaient nombre de ses plus sages, de ses plus illustres bourgeois. Le conteur était un aimable, très râpé, très aristocratique vieillard aux habits poivre et sel, au visage tristement enjoué ; un individu que je soupçonnai fortement d'être pauvre, — il faisait tant d'efforts pour être amusant ! Quand il eut terminé son histoire, on rit et on applaudit beaucoup, surtout deux ou trois adjoints d'*aldermen*, qui avaient dormi la plus grande partie du temps. Toutefois, il y eut un grand et vieux gentleman à l'œil sec, aux sourcils proéminents, qui conserva tout du long une figure grave et presque sévère, croisant de temps à autre les bras, inclinant la tête, et baissant les yeux vers le parquet, comme s'il eût retourné quelque doute dans son esprit. C'était un de ces hommes circonspects qui ne rient jamais qu'à bonne enseigne, — lorsqu'ils ont la raison et la loi de leur côté.

---

1. New-York.

When the mirth of the rest of the company had subsided, and silence was restored, he leaned one arm on the elbow of his chair, and sticking the other akimbo, demanded, with a slight, but exceedingly sage motion of the head, and contraction of the brow, what was the moral of the story, and what it went to prove?

The story-teller, who was just putting a glass of wine to his lips, as a refreshment after his toils, paused for a moment, looked at his inquirer with an air of infinite deference, and, lowering the glass slowly to the table, observed that the story was intended most logically to prove--

"That there is no situation in life but has its advantages and pleasures--provided we will but take a joke as we find it:

"That, therefore, he that runs races with goblin troopers is likely to have rough riding of it.

"Ergo, for a country schoolmaster to be refused the hand of a Dutch heiress is a certain step to high preferment in the state."

The cautious old gentleman knit his brows tenfold closer after this explanation, being sorely puzzled by the ratiocination of the syllogism, while, methought, the one in pepper-and-salt eyed him with something of a triumphant leer. At length he observed that all this was very well,

Quand la gaieté du reste de la compagnie se fut calmée, et que le silence se fut rétabli, il appuya un bras sur le coude de son fauteuil, pendant que l'autre formait l'anse, et demanda avec un léger mais excessivement avisé mouvement de tête et une contraction du front quelle était la morale de l'histoire, et ce qu'elle voulait prouver ?

Le narrateur, qui était alors en train de porter un verre de vin à ses lèvres, comme un réconfortant après ses fatigues, s'arrêta pendant un moment, regarda son interrogateur d'un air de déférence infinie, et, abaissant lentement son verre sur la table, fit observer que l'histoire tendait très logiquement à prouver :

« Qu'il n'y a pas de situation dans la vie qui n'ait ses avantages et ses plaisirs, pourvu seulement que nous voulions prendre comme il faut la plaisanterie :

« Or, que celui qui lutte à la course avec des cavaliers fantômes ne peut manquer d'être mené grand train.

« Ergo, que pour un maître d'école se voir refuser la main d'une héritière hollandaise est un pronostic assuré de haut avancement dans l'État. »

Le vieux gentleman circonspect fronça les sourcils dix fois plus fort après cette explication, étant grandement intrigué par l'emmanchement de ce syllogisme, tandis que, me sembla-t-il, le vieillard aux habits poivre et sel le regardait du coin de l'œil avec un certain air de triomphe. Il finit par faire cette remarque, que tout cela était fort bien,

but still he thought the story a little on the extravagant--
there were one or two points on which he had his doubts.

"Faith, sir," replied the story-teller, "as to that matter,
I don't believe one-half of it myself."

D. K.

mais qu'il jugeait néanmoins l'histoire quelque peu extravagante ; — il y avait deux ou trois points sur lesquels il lui restait des doutes.

« Ma foi, Monsieur, répliqua le conteur, pour ce qui est de ça, je vous dirai que je n'en crois pas la moitié moi-même. »

D.K

The End

Fin

DANS LA MÊME ÉDITION BILINGUE + AUDIO INTÉGRÉ :

- NIETOTCHKA NEZVANOVA (Fiodor Dostoïevski) *russe-français*
- LE PETIT HÉROS (Fiodor Dostoïevski) *russe-français*
- LE VIY (Nicolas Gogol) *russe-français*
- LE NEZ (Nicolas Gogol) *russe-français*
- LE PORTRAIT (Nicolas Gogol) *russe-français*
- TARASS BOULBA (Nicolas Gogol) *russe-français*
- LE JOURNAL D'UN FOU (Nicolas Gogol) *russe-français*
- LA MÈRE (Maxime Gorki) *russe-français*
- LA PAUVRE LISE (Nikolaï Karamzine) *russe-français*
- LA DAME DE PIQUE (Alexandre Pouchkine) *russe-français*
- LA FILLE DU CAPITAINE (Alexandre Pouchkine) *russe-français*
- TROIS CONTES RUSSES (Mikhaïl Saltykov-Chtchédrine) *russe-français*
- LA MORT D'IVAN ILITCH (Léon Tolstoï) *russe-français*
- LE FAUX-COUPON (Léon Tolstoï) *russe-français*
- PÈRES ET FILS (Ivan Tourgueniev) *russe-français*

- ROUDINE (Ivan Tourgueniev)   *russe-français*
- NOUS AUTRES (Ievgueni Zamiatine)   *russe-français*
- AGNÈS GREY (Anne Brontë)   *anglais-français*
- WUTHERING HEIGHTS (Emily Brontë)   *anglais-français*
- LA RACE À VENIR (Edward Bulwer-Lytton)   *anglais-français*
- LE NOMMÉ JEUDI (G. K. Chesterton)   *anglais-français*
- L'HÔTEL HANTÉ (Wilkie Collins)   *anglais-français*
- GASPAR RUIZ (Joseph Conrad)   *anglais-français*
- MA VIE D'ESCLAVE AMÉRICAIN (Frederick Douglass)   *anglais-français*
- MA VIE, MON ŒUVRE (Henry Ford)   *anglais-français*
- LISETTE LEIGH (Elizabeth Gaskell)   *anglais-français*
- LA FILLE DE RAPPACCINI (Nathaniel Hawthorne)   *anglais-français*
- LE LIVRE DES MERVEILLES (Nathaniel Hawthorne)   *anglais-français*
- SLEEPY HOLLOW (Washington Irving)   *anglais-français*
- LE TOUR D'ÉCROU (Henry James)   *anglais-français*
- LES PAPIERS D'ASPERN (Henry James)   *anglais-français*
- RASSELAS, PRINCE D'ABYSSINIE (Samuel Johnson)   *anglais-français*
- L'HOMME QUI VOULUT ÊTRE ROI (Rudyard Kipling)   *anglais-français*
- LE LIVRE DE LA JUNGLE (Rudyard Kipling)   *anglais-français*
- JOHN BARLEYCORN (Jack London)   *anglais-français*
- LES VAGABONDS DU RAIL (Jack London)   *anglais-français*
- L'ASSERVISSEMENT DES FEMMES (John Stuart Mill)   *anglais-français*
- LE VAMPIRE (John Polidori, Lord Byron)   *anglais-français*
- ROMÉO ET JULIETTE (William Shakespeare)   *anglais-français*
- HAMLET (William Shakespeare)   *anglais-français*
- OTHELLO (William Shakespeare)   *anglais-français*
- OLALLA (R. L. Stevenson)   *anglais-français*
- L'ÎLE AU TRÉSOR (R. L. Stevenson)   *anglais-français*
- L'ÉTRANGE CAS DE DR JEKYLL ET M. HYDE (Stevenson)   *anglais-français*
- WALDEN, OU LA VIE DANS LES BOIS (Thoreau)   *anglais-français*
- LA DÉSOBÉISSANCE CIVILE (Thoreau)   *anglais-français*
- PLUS FORT QUE SHERLOCK HOLMES (Mark Twain)   *anglais-français*
- LA MACHINE À EXPLORER LE TEMPS (H. G. Wells)   *anglais-français*

- LE PAYS DES AVEUGLES (H. G. Wells) *anglais-français*
- ETHAN FROME (Édith Wharton) *anglais-français*
- LE PORTRAIT DE DORIAN GRAY (Oscar Wilde) *anglais-français*
- LE FANTÔME DE CANTERVILLE (Oscar Wilde) *anglais-français*
- SALOMÉ (Oscar Wilde) *anglais-français*
- L'ÉTRANGE HISTOIRE DE PETER SCHLEMIHL (Chamisso) *allemand-français*
- CONTES CHOISIS (Frères Grimm) *allemand-français*
- L'HOMME AU SABLE (E.T.A. Hoffmann) *allemand-français*
- LE JOUEUR D'ÉCHECS (Stefan Zweig) *allemand-français*
- LE BOUQUINISTE MENDEL (Stefan Zweig) *allemand-français*
- LES CAHIERS DE MALTE LAURIDS BRIGGE (R.M. Rilke) *allemand-français*
- LES SOUFFRANCES DU JEUNE WERTHER (J.W. Goethe) *allemand-français*
- CONTES (H.C. Andersen) *danois-français*
- CORNÉLIA (Cervantès) *espagnol-français*
- RINCONÈTE ET CORTADILLO (Cervantès) *espagnol-français*
- ALICE AU PAYS DES MERVEILLES (Lewis Carroll) *espéranto-français*
- LA SAGA DE NJAL (Anonyme) *islandais-français*
- LES AVENTURES DE PINOCCHIO (Carlo Collodi) *italien-français*
- LA LOCANDIERA (Carlo Goldoni) *italien-français*
- LE PRINCE (Nicolas Machiavel) *italien-français*
- MAX HAVELAAR (Multatuli) *néerlandais-français*
- LE PETIT JOHANNES (Frederik van Eeden) *néerlandais-français*
- UNE MAISON DE POUPÉE (Henrik Ibsen) *norvégien-français*
- ANIELKA (Bolesław Prus) *polonais-français*
- BARTEK VAINQUEUR (Henryk Sienkiewicz) *polonais-français*
- MÉMOIRES POSTHUMES DE BRÁS CUBAS (M. de Assis) *portugais-français*

Impression CreateSpace
à Charleston SC, en octobre 2019.

ACCOLADE
Éditions

Découvrez l'ensemble de nos ouvrages
sur notre site :

www.laccolade-editions.com